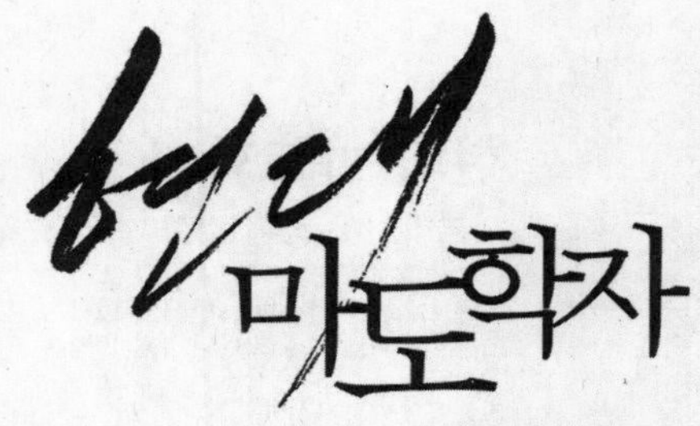

네르가시아 장편 소설

FUSION FANTASTIC STORY

THE MODERN MAGICAL SCHOLAR

현대 마도학자 5

네르가시아 장편 소설

초판 1쇄 찍은 날 § 2015년 1월 12일
초판 1쇄 펴낸 날 § 2015년 1월 19일

지은이 § 네르가시아
펴낸이 § 서경석

편집부장 § 권태완
편집책임 § 박은정

펴낸곳 § 도서출판 청어람
등록번호 § 제387-1999-000006호
등록일자 § 1999. 5. 31
어람번호 § 제1-2023호

주소 § 경기도 부천시 원미구 부일로 483번길 40 서경B/D 3F (우) 420-822
전화 § 032-656-4452 팩스 § 032-656-4453
http://www.chungeoram.com
E-mail § chungeorambook@daum.net

ISBN 979-11-04-90054-9 04810
ISBN 979-11-316-9243-1 (세트)

현대 마도학자

네르가시아 장편 소설

FUSION FANTASTIC STORY

THE MODERN MAGICAL SCHOLAR

5

현대 마도학자

THE MODERN MAGICAL SCHOLAR

CONTENTS

1장

진보의 신기술

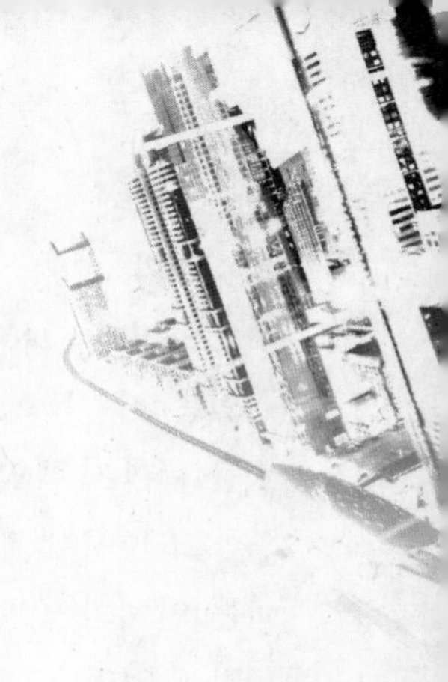

베트남 하이타 자동차의 인수합병이 이뤄진 직후 회사는 극심한 인력난이라는 직격탄을 맞았다.

생산직 근로자는 물론이고 사무직, 관리직, 영업직까지 회사의 대동맥이라고 할 수 있는 모든 부서의 직원들이 하나둘씩 회사를 그만두고 있었던 것이다.

하이타 자동차가 주식회사 이수로 넘어가면서 원래 받고 있던 수혜가 하나둘 없어진 것이 그 이유였다.

이수의 입장에서 본다면 하이타 그룹의 막대한 자본력에 의한 회사 관리를 따라가기가 어려웠고, 나름대로 직원들의 권익을 챙겨준다고 장담했지만, 그것만으론 한계가 있었던 것이다.

하이타 그룹은 자신의 계열사를 팔아넘기는 대신 그 안에 있는 직원들의 인사이동을 미리 감행하여 한 번 품은 직원들을 끝까지 책임지는 의리를 지켰다.

그 때문에 절반이 넘는 직원들이 회사를 빠져나갔고, 화수는 인력의 공백을 메우기 위해 발바닥이 닳도록 뛰어다닐 수밖에 없었다.

그가 가장 첫 번째로 추구한 것은 생산 라인의 자동화였다.

일단 하이타 자동차의 생산 라인은 동북아시아나 유럽에 비해 크게 뒤떨어지는 수준이었는데, 이것에 마도학을 접목시켜 특성이 뛰어난 생산 시설을 설립한 것이다.

기술의 고문과 감수를 모두 도맡은 화수는 생산 라인 전체에 걸쳐 마나코어를 설치했다.

그리고 자신이 구상한 자동차를 만들기 위한 자체 공정의 필수 코너만 추려서 생산 과정을 간소화시켰다.

이것은 그가 중고 자동차를 재생시켜 파는 동안 쌓인 노하우를 토대로 만든 것으로, 대부분의 인공지능은 마나코어가 제어하게 된다.

공장에 설치된 기계 중 가장 먼저 완성된 것은 바로 컨베이어 벨트 시스템이었다.

컨베이어 벨트는 원자재를 가공하기 위한 가장 필수적인 요소로서 공장의 대동맥이라고 할 수 있었다.

화수는 이 컨베이어 벨트 시스템을 완전 자동화시켜 관리직 인원을 최대 70%까지 절감시키도록 했다.

한국에서 데리고 온 공장 기술자 이성욱은 한국 원화에 비해 10% 낮은 연봉에도 불구하고 스스로 베트남 행을 자원했다.

그는 화수가 한국에 모집 공고를 냈을 때 가장 먼저 서류전형에 지원한 사람인데, 수많은 기술 관련 자격을 갖춘 인재였다.

그럼에도 불구하고 그가 이곳에 모집 공고를 낸 것은 순전히 블루오션에 대한 도전정신이었다.

그는 하이타 자동차, 그러니까 이수 자동차로 이명된 자동차 회사의 중역이 되기 위해 이곳에 자원한 것이다.

하지만 아무리 연봉이 낮다고 해도 베트남에선 1등, 아니, 특등 신랑감이니 손해 볼 것은 없을 것이다.

컨베이어 자동제어시스템을 구축한 화수는 그에게 제어장치에 대해 설명했다.

"지금 보시는 이 대형 리모컨이 공장 전체를 제어하게 됩니다."

그가 고개를 갸웃거렸다.

"단 하나로 말입니까?"

"예, 그렇습니다. 단 하나의 제어장치로 모든 공정 과정을 제어하는 겁니다."

화수는 중앙 공장에 각종 발전기와 제어장치를 몰아넣었

는데, 이곳에 초대형 마나코어들이 위치하고 있다.

초대형 마나코어들은 각 생산 라인에 신호를 보내어 공장 전체를 하나의 유기체처럼 가동시키는데, 이것은 화수가 인간의 마나신경체계를 구축한 것과 비슷한 원리다.

"아주 기본적인 인공지능이 탑재되어 있습니다. 이를테면 생산 라인이 막힌다든가 어디선가 불이 난다든가 하는 등의 사건이 발생하면 즉각적으로 대응할 수 있는 시스템이지요."

"으음, 경보 센서 같은 것이 부착되어 있는 모양이지요?"

"비슷하다고 할 수 있겠네요. 아무튼 중앙제어시스템이 공장을 모두 컨트롤하게 되면 인력난 해소가 가능하니 조금 더 수월하게 작업할 수 있겠지요?"

"하지만 각 생산 라인엔 그에 합당한 생산직 근로자가 필요할 텐데요."

"물론입니다. 그 부분에 대해선 제가 지금 연구 중에 있으니 이성욱 씨는 행여 발생하게 될 오류에 대한 피드백을 준비해 주십시오."

"알겠습니다."

대화를 마친 화수는 한창 연구가 진행되고 있는 지하 연구소로 향했다.

*　*　*

화수는 하이타 자동차를 인수하면서 그의 제자인 찬미와 함께 지하 연구소에 둥지를 틀었다.

그녀는 지금 마나코어로 움직일 수 있는 기계 팔을 연구하는 중이었다. 이것은 카이스트에서 화수에게 제안한 연구와 거의 일맥상통하는 연구라고 할 수 있었다.

지이이잉.

찬미의 움직임에 따라 움직이는 기계 팔을 바라보며 화수가 감탄사를 자아냈다.

"훌륭하군요. 어떻게 이렇게 자연스럽게 움직일 수 있는 겁니까?"

"저의 뇌에 직접 마나신경체계를 연결시켜서 운행하고 있어요."

"으음, 그건 조금 위험한 발상 같은데."

"물론 마도학자가 아니면 움직일 수 없어요. 그래서 이것을 어떻게 하면 일반인도 조종할 수 있을지 구상하는 중이지요."

놀랍게도 그녀는 로봇 팔이 그녀의 생각이나 명령 없이 오로지 움직임만으로 그것을 따라하게끔 하는 데 성공했다.

이것은 양철 인형과 마나코어를 연결해서 움직임을 전달하는 과정과는 조금 다른 문제이다.

약 백 평 남짓한 공간에서 혼자 일하는 그녀를 바라보며 화수가 말했다.

"그나저나 바깥으로 올라간 지 얼마나 되었습니까?"

"십 일하고 열 시간이 조금 더 되었네요."

"이렇게 일하고도 쉴 생각이 전혀 안 들어요?"

그녀는 고개를 가로저었다.

"우리가 아버지의 회사를 뛰어넘자면 이 방법밖에 없어요. 거의 대부분의 자금을 이곳에 집중시켰는데 이 회사가 망하면 우리는 뭘 먹고살아요?"

"그건 그렇지만……."

찬미는 아버지에게 버림받으면서 집안과 인연을 끊겠노라 다짐했다.

그리고 지금은 그 아버지를 뛰어넘기 위해 불철주야 일하는 중이다.

사람을 움직이는 원동력 중 가장 뛰어난 것은 분노와 복수심이라는 것이 여실히 드러나는 부분이다.

"아무튼 로봇 팔은 앞으로 이 주일 내에 완성될 테니 너무 걱정하지 마세요."

"알겠습니다. 그럼 맡기고 전 나가보겠습니다."

"그러시죠."

화수는 돌아가기 전 그녀에게 작은 마나코어 몇 개를 건넸다.

"혹시 몰라서 놓고 갑니다. 마나가 고갈되면 사용하세요. 과로로 쓰러지면 곤란하니까요."

"후후, 별 걱정을 다 하시네요."

"사람이 너무 열심히 일하다 보면 쓰러지는 건 당연한 겁니다. 그러니 제발 적당히 좀 합시다."

"알겠어요."

그녀는 귀찮다는 듯 손을 내젓고는 다시 작업에 열중했고, 화수는 고개를 가로저었다.

* * *

하이타 그룹이 자회사인 자동차를 분출하면서 생긴 타격은 생각보다 적었다.

아니, 자동차 회사를 매각하면서 그룹의 지주회사 주식이 소폭 오를 정도로 자동차 회사의 분출은 주주들의 마음을 놓이게 하는 부분이 되었다.

베트남의 경제학자들은 하이타 그룹이 자동차 회사를 분출하는 과정에서 제3세력의 개입이 있었을 것이라 예상했다.

그 이유인즉슨 하이타 자동차가 인수합병되기까지의 과정이 너무나 급박하면서도 매끄러웠기 때문이다.

하이타 자동차가 매각된 것은 상당히 급박한 상황에서 전개되었지만 그 상황이 연계되는 과정은 물 흐르듯이 자연스러웠다.

몇 가지의 타격과 회사를 팔아넘길 수밖에 없는 결정적인 사건들.

아무래도 이것은 내부에서부터 발인된 문제를 이용한 주식 플레이가 아닌가 하는 생각이 대부분이었다.

하이타 자동차의 회장 후앙쿵 휘앙 역시 같은 생각을 하고 있었다.

휘앙이 이와 같은 생각을 하게 된 결정적인 계기는 역시 회사의 모든 데이터가 손실되고 해킹까지 당한 것 때문이었다.

회사에 서서히 타격이 쌓이는 도중에 이런 일이 벌어졌다는 것은 너무 시기적절했던 것이다.

그는 사설탐정에게 이 사건에 대한 전말을 밝히게끔 의뢰했고, 동남아 최고의 사설탐정이 활동을 시작했다.

이번 사건에 투입된 사설탐정의 이름은 바로 가이쿵, 일명 하얀 지갑이라고 불리는 사내였다.

그의 별명이 하얀 지갑이라고 불리게 된 것은 가이쿵의 특별한 습관 때문이었다. 그는 하루에 한 번씩 지갑을 바꾸어가면서 사용했다.

한 번 쓴 지갑은 어지간해선 잘 사용하지 않는데, 그는 언제나 같은 회사에서 나온 흰색 지갑을 사용한다.

그는 돈에 대한 결벽증 같은 것이 있어서 지갑을 거의 매일 버리고 새로운 것을 구매해서 사용했고, 같은 제조사의 같은 모델이 아니면 사용하지 않는 독특한 취향을 가지고 있었다.

심지어 가이쿵은 그 지갑을 제조하는 회사의 대주주인데, 경영에는 간섭하지 않으면서 유독 한 모델만은 유지하도록 지시했다.

자세한 내막은 밝혀진 바가 없지만 아마도 사람들은 그가 이 하얀 지갑 때문에 회사의 대주주가 되었을 것이라고 짐작했다.

가이쿵은 오늘도 UIP라는 로고가 새겨진 지갑을 주머니에 넣은 채 탐문을 실시했다.

그가 첫 번째로 향한 곳은 사건이 벌어진 구 하이타 자동차 본사였다.

간판에 ISU라고 쓰여 있는 건물 앞에 선 그는 회사의 분위기가 매우 한가해졌음을 느낄 수 있었다.

"아직 인원 보충이 제대로 이뤄지지 않은 모양이군."

아무리 한국에서 온 사업가의 수완이 좋다고 해도 지금까지 엄청난 수혜를 입으며 일해오던 노동자들이 남아 있을 리가 없었다.

또한 이 땅에 하이타 그룹의 손길이 미치지 않는 곳이 없으니 당연히 그룹 쪽으로 붙을 수밖에 없을 것이다.

그는 당당히 사원증을 들고 회사 입구로 향했다.

총 다섯 개의 게이트로 된 입구에 선 그는 원래 회사에서 사용하던 사원증을 가지고 회사로 들어섰다.

삐빅!

[우비아 홍캉 이사님, 반갑습니다.]

그의 직함은 이사, 정확히 하는 일은 시설 관리와 접객 관리다.

원래 접객은 비서실에서 전담하지만 그는 특정 VIP만 따로 관리하게끔 보직이 정해진 이사였다.

그래서 매일 출근하지 않아도 크게 상관이 없으며, 시설 관리 또한 휘하의 직원들이 다 알아서 하기 때문에 딱히 신경 쓸 필요가 없다.

"아직까지 내 사원 카드를 폐기하지 않은 모양이군."

이윽고 그는 평소와 같이 자신의 집무실로 가기 위해 엘리베이터를 잡았는데, 그를 따라서 안내데스크 직원이 한 명 다가온다.

"관리이사님!"

헐레벌떡 달려온 그녀에게 가이쿵이 특유의 떨떠름함 표정으로 물었다.

"무슨 일이시죠?"

"사장님께서 찾으십니다."

"사장님?"

"새롭게 부임하신 사장님이요. 그분께서 이사님을 찾으세요."

"사장이 나를?"

"네, 지금 집무실에서 기다리고 계실 텐데요?"

"지, 집무실에서?!"

순간 그는 버럭 소리를 질렀다.

"도대체 누가 내 집무실에 함부로 드나들라고 했습니까?!"

"그, 그거야 사장님께서 직접 열고……."

"사장이 내 집무실 문을 열었다고요?!"

"네, 이사님."

그는 속으로 헛바람을 집어삼켰다.

'…이 새끼, 뭐야? 내 보안 시스템을 뚫고 들어와?!'

가이쿵은 뒤도 돌아보지 않고 자신의 집무실로 올라갔다.

* * *

화수는 이 회사에 부임하면서 리처드에게 뜻밖의 소식을 전해 들었다.

그것은 바로 이 회사에 대놓고 출입하는 산업스파이가 있다는 것이다.

이사라는 직함으로 회사를 드나들면서 딱히 하는 일은 없지만 상당히 뒤가 구리다는 것이 의심의 발단이라고 했다.

덕분에 리처드는 이 관리이사라는 사람의 뒤를 면밀히 조사했는데, 의문점이 한두 가지가 아니었다.

건물을 관리하는 사람이 자리에 거의 없는 것은 물론이요, VIP 접객을 총괄한다면서 어지간한 VIP는 비서실장이 다 알아서 하고 있었다.

그런데 비서실장은 왜 이런 시스템으로 회사가 돌아가고

있는지 전혀 알고 있지 못한다고 답했다.

이 모든 것을 종합해 본 결과, 그는 분명 상대편 회사에서 심어놓은 스파이가 틀림없다고 결론을 내렸다.

화수는 리처드가 열어놓은 그의 집무실에 들어가 대놓고 주변을 탐색하고 있었다.

전체적으로 깔끔하게 정리되어 있었지만 이상하게도 집무에 필요한 집기는 하나도 보이지 않았다.

아마도 그는 이곳에 잘 들르지 않는 모양이었다.

'그냥 앉아서 월급만 야금야금 가져가고 있었군. 이런 좀벌레 같은 새끼.'

화수가 세상에서 가장 싫어하는 것이 공치사와 날로 월급을 받아 처먹는 것이다.

아마도 이 의문의 관리이사가 바로 그 대표적인 사람이 아닌가 싶었다.

잠시 후, 그의 뒤로 한 청년이 다가와 말을 걸었다.

"이봐요, 지금 여기서 뭐 하는 겁니까?"

화수는 자신의 뒤에 선 청년에게로 고개를 돌렸다.

160쯤 되는 작은 키에 까무잡잡한 피부, 게다가 이 세상의 불만은 모두 품고 사는 듯한 아주 좋지 않은 인상의 소유자였다.

한마디로 말해서 그는 추남, 그것도 아주 지독하게 못생긴 남자에 속하는 사람이었다.

'진짜 더럽게 못생겼군.'

하마터면 이 소리가 목구멍까지 넘어올 뻔한 화수는 가까스로 참고 입을 열었다.

"당신이 관리이사입니까?"

"그렇습니다만?"

"반갑습니다. 강화수라 합니다."

그는 화수에게 집개손가락과 엄지손가락 끝을 살짝 모아 악수에 응했다.

"…관리이사직을 맡고 있는 우비아 홍캉입니다."

아주 떨떠름하게 인사를 받는 그를 바라보며 화수는 속으로 기가 막힌다는 듯이 웃는다.

'누가 누구더러 더럽다는 건지…….'

그의 피부는 동남아 사람 특유의 구릿빛 피부완 전혀 다른 쪽으로 새까만 편이었는데, 한 3년은 안 씻은 사람 같았다.

손가락에 침을 묻혀 스윽 닦으면 구정물이 줄줄 흐를 것 같았다.

하지만 초면에 그런 것을 지탄할 수는 없는 노릇이니 화수는 최대한 웃는 낯으로 일관했다.

"그, 그래요. 반갑습니다."

스파이 짓에 사람까지 깔보는 이 사람이 과연 어떻게 지금까지 회사에 버티고 있었는지 의문이다.

어쩌면 이 사람은 전 회장이 회사에 심어놓은 끄나풀인지도 몰랐다.

"그래, 어쩐 일로 회사에는 나오셨습니까?"

"이사가 회사에 나오는 건 당연한 일 아닙니까?"

"당연하지 않은 사람이 회사에 나오니 묻는 겁니다."

화수의 말을 꽤나 맛깔스럽게 쳐내려던 그는 이내 말을 바꾸었다.

"업무 때문에 왔지요. 나가주시겠습니까?"

"꽤나 까칠한 사람이군요."

"…까칠?"

그는 이내 돌아서려던 화수에게 삿대질을 하며 외쳤다.

"남의 사무실에 함부로 들어와 이리저리 기웃거리는 사람이 할 소리는 아닌 것 같은데요?!"

일부러 화를 내는 것일까, 아님 정말로 성격이 더러운 것일까?

어느 쪽이든 화수에게 있어선 그다지 좋지 않은 쪽으로 해석될 수밖에 없었다.

'머리끝부터 발끝까지 마음에 드는 구석이라곤 없는 녀석이군.'

일단 화수는 이곳을 나가기로 했다.

"좋습니다. 솔직히 당신을 자르고 싶지만 참는 겁니다. 이대로 잘랐다가 형평성이네 뭐네 말이 많을 것 같거든요."

"뭐, 뭐라고?!"

"그럼."

화수는 그의 집무실을 유유히 빠져나와 자신의 일터로 향했다.

* * *

인력난을 해결할 수 있는 가장 좋은 방법은 외국에서 사람을 들여오는 것이다.

베트남 사람들이 일을 하러 오지 않는다면 역시 다른 나라에서 사람을 데려오는 것이 가장 현명한 방법이다.

지금은 대부분의 사람이 이수기업의 이미지 때문에 입사를 꺼리고 있지만 조만간 자동차가 출시되면 얘기는 달라질 것이다.

그때까지 버틸 수 있는 여건을 만들자면 부탄이나 몽골에서 사람을 데리고 오는 것이 가장 좋았다.

단기 비자로 데려오는 것이지만 꼬박꼬박 원화로 월급을 준다면 이곳에서 일할 사람은 천지에 널리고 깔렸다.

루이드는 중국을 거쳐 몽골과 부탄, 미얀마와 방글라데시를 거쳐 다시 베트남으로 돌아왔다.

원래는 베트남 사람으로 충분히 인력 수급이 되어야 했지만, 그렇게 할 수 없으니 순회공연을 할 수밖에 없었다.

현지인을 내버려 두고 외지에서 사람을 끌어오려니 힘든

점이 한두 가지가 아니었다.

가장 첫 번째 문제는 비자 문제를 해결하는 것이다. 가끔가다 단기 입국이 거절되는 사태가 벌어지기도 했다.

이것은 베트남의 정치 체제가 아직까지 공산주의이기 때문이다.

한국의 기업이 베트남의 자동차 회사를 인수한 것도 상당히 이례적인 일이지만 외국에서 온 수많은 이주자가 공장에서 일하는 경우도 생각보다 적었던 것이다.

물론 입국에 특별한 제재가 있는 것은 아니지만 부탄 같은 나라에서 온 사람들의 신분이 불확실하다는 것이 당국의 입장이었다.

처음에는 당국에 뒷돈을 써서 사람들을 데리고 왔지만 그것에도 한계가 있었다.

한번 돈을 받기 시작한 놈들은 끝까지 사람을 괴롭히게 마련이다.

그래서 화수는 한 가지 묘안을 생각해 냈다.

베트남 하노이에 위치한 한 스트립 바, 이곳에선 성인뿐만 아니라 미성년자도 출연하곤 했다.

두두, 두두두두둥!

[All that I have is all that you’ ve given me, Did you never worry~]

샘 브라운의 Stop의 끈적끈적한 선율이 울려 퍼지고 있는 스트립 바에 들어선 루이드는 가장 잘 보이는 자리에 앉아 느긋하게 술을 한 잔 시켰다.

"여기 마티니 한 잔."

"예, 손님."

웨이터가 마티니를 한 잔 건네주자 그는 아주 여유롭게 술을 한 모금 마셨다.

"으음, 좋군."

이윽고 아주 앳된 소녀 네 명이 걸어 나왔다.

그녀들은 이제 열일곱 살이나 되었을 법한 외모에 표정이 상기되어 있었다.

하지만 그런 그녀들 중에서 유독 한 소녀만이 관능미 넘치는 웃음을 흘리고 있었다.

루이드는 그녀에게 시선을 고정했다.

빠바바바밤!

[우후~]

붉은 조명 아래 앉은 그가 미소를 짓자 그녀가 루이드에게 윙크를 날린다.

"후후."

여전히 섹시하게 웃음을 짓고 있던 그녀가 무대에서 들어가려는 순간, 루이드는 매니저를 불렀다.

"저 여자 얼마인가?"

돈으로 사람을 사겠다는, 알 만한 사람은 다 아는 소리이지만 일단 매니저는 고개를 갸웃거렸다.

"얼마냐니요?"

"이런 일로 사람 귀찮게 하면 재미없을 텐데?"

그는 지갑에서 100달러짜리 지폐를 꺼내어 흔들었다.

그러자 매니저가 실실 웃으며 마치 강아지처럼 돈 앞에 혀를 내밀었다.

"하하, 하하하! 진즉 그렇게 말씀하셨으면……."

로이드는 이내 그의 앞에서 돈을 회수했다.

"쓰읍! 일단 저 여자의 값을 흥정하는 것이 먼저지."

아무리 하룻밤 몸을 파는 일이라곤 하지만 엄연히 가격을 정해야 한다.

그리고 이렇게 가격으로 밀고 당기기를 해야 무시 받지 않을 것이다.

매니저가 뒤통수를 긁적거렸다.

"100달러면……."

"누구를 호구로 아나? 지금 나랑 장난하자는 건가?"

"에이, 그래도 저 나이에 저 얼굴이면 100달러 이상 내겠다는 사람이 널렸습니다."

로이드는 고개를 가로저었다.

"사람을 너무 띄엄띄엄 보는 것 아니야? 저 여자가 어딜 봐서 소녀로 보인다는 거지?"

"그, 그게 무슨 말씀이십니까? 아직 성인식도 안 치른……."

로이드는 매니저의 목덜미를 확 낚아챘다.

꽈득!

"크헉!"

"사람이 우스워 보여? 내가 저 여자 데리고 나가서 주민등록 한번 까 봐? 진짜 미성년자인지 아닌지?"

"그, 그건……."

로이드는 저 여성이 소녀가 아니라는 것을 이미 알고 클럽을 찾아왔다.

뒷골목 생활을 오래한 그는 유흥가에서 일하는 여자들의 표정만 봐도 그녀가 얼마나 이 바닥에서 굴렀는지 대충 감이 온다.

어린 시절을 이 바닥에서 보낸 로이드이다. 그런 그를 속이려 들다니 어불성설이다.

"내가 소문 한번 쫙 퍼뜨려줘?"

"아, 아닙니다! 바로 데리고 오겠습니다!"

"그러니까 얼마에?"

순간, 얇은 가죽점퍼에 핫팬츠를 입은 그녀가 걸어 나오면서 말을 끊었다.

"50. 그 이하는 안 돼요."

"하룻밤은?"

"하룻밤은 세 배. 나도 먹고는 살아야죠."

로이드는 이내 고개를 끄덕였다.

"좋아, 함께 가지."

그녀의 손을 잡은 로이드가 클럽을 나서자 매니저는 허탈한 표정을 지었다.

* * *

하노이의 밤거리를 걷는 동안 그녀는 로이드의 말을 도통 이해할 수 없다는 듯이 몇 번을 되물었다.

"나더러 뭘 어쩌라고요?"

"사람 한 명 꼬셔주면 된다."

"누굴 꽃뱀으로 아나? 내가 그런 일을 할 것 같아요?"

로이드는 그녀에게 하노이 입국 게이트를 관리하는 국장과 관련자들을 포섭할 수 있도록 도와달라고 제안했다.

그는 국장을 여자 문제로 옭아매 자신의 사람으로 만들 생각이다. 그녀는 그 방면에 탁월한 재주가 있었다.

또한 로이드는 그녀에게 원하는 것을 줄 수 있으니 분명 윈윈이라고 할 수 있었다.

하지만 그녀는 끝까지 로이드의 제안을 거절했다.

"됐어요. 스트립 바에서 몸을 파니까 사람이 무슨 장난감처럼 보이나? 꺼져요."

"이 정도 준다고 해도?"

그녀는 로이드가 꺼낸 100달러짜리 지폐 열 장을 바라보더니 더욱 화를 내며 소리쳤다.

"그런데 이 새끼가!"

"이래도?"

로이드는 이내 한국행 비자와 여권을 꺼내 들었다.

"잘하면 내가 한국에 있는 홀아비 하나 주선해서 시민권을 줄 수도 있어. 듣자 하니 베트남에선 한국으로 시집가는 것이 장땡이라면서?"

"…사람을 가지고 놀아도……."

그녀가 이를 바득바득 갈자 그는 집문서를 꺼내 들었다.

"한화로 삼천만 원짜리 집이다. 물론 한국에 있는 우리 본사에 자리를 하나 내어주어 그곳에서 일할 수 있도록 해주겠다. 그럼 1년에 한 번씩 비자를 갱신해 계속 채류하며 네 힘으로 영주권을 딸 수도 있겠지."

미국이라면 몰라도 한국에서 영주권을 따는 일은 불가능하지 않았다.

그만큼 경제 규모에 비해서 입국 허들이 낮은 곳이 바로 한국이었다.

"……."

"싫은가? 그럼 뭐 할 수 없고."

비자를 도로 집어넣으려는 그의 손을 그녀가 붙잡았다.

"자, 잠깐!"

"뭐야? 싫다면서?"

"아이가 있어요."

로이드는 무심한 눈으로 그녀를 바라보았다.

"내가 자선사업가로 보이나?"

"아이를 데리고 갈 수 있다면 무엇이든 하겠어요."

"미쳤다고 네 혹까지 책임지겠어? 차라리 다른 여자를 찾아보고 말지."

이내 돌아서려던 로이드에게 그녀가 무릎을 꿇었다.

"제, 제발요! 제발 이곳에서 내 아이와 나를 좀 꺼내줘요!"

로이드는 자신의 발길을 붙잡는 그녀에게 물었다.

"난 그만큼의 가치가 없으면 사람 취급 안 해. 자신 있어?"

"물론이죠."

"흐음, 좋아. 한번 믿어보지."

로이드는 그녀에게 사진을 한 장 건넸다.

"네 목표는 이 사람이다. 시간은 일주일 주지."

"이, 일주일 가지고 어떻게 사람을 꼬셔요?!"

"프로가 기간과 도구를 탓하나? 네가 하기 싫다면 할 사람은 널리고 깔렸다."

그녀는 이를 악물었다.

"할게요! 주세요!"

이윽고 그녀는 멀어져 갔고, 로이드는 한숨을 내쉬었다.

"후우, 잘되어야 할 텐데……."

어떻게든 일을 맡기기는 했지만 과연 그녀가 이 일을 잘해 낼지는 의문이다.

로이드는 이내 혼자 술이라도 한잔하기 위해 길을 나섰다.

2장

준비를 마치다

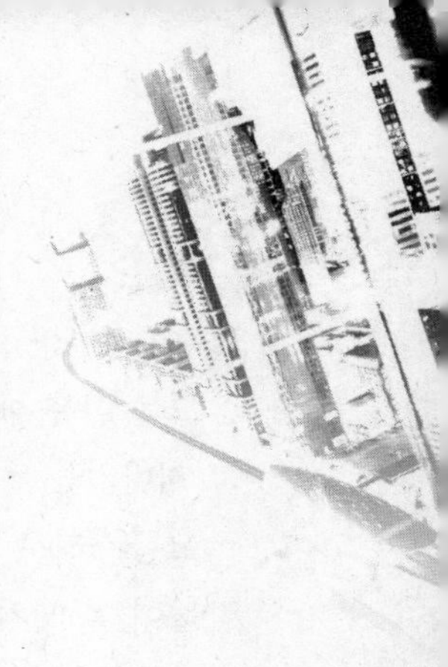

늦은 밤, 하노이의 한 호텔.

저벅저벅.

가죽 부츠에 핫팬츠를 입은 한 여인이 회전문을 열고 들어섰다.

그녀는 호텔 로비에 있는 한 사람을 응시하고 있었는데, 그는 주변 사람들과 함께 심각한 얘기를 나누고 있는 듯했다.

"저 자식이군."

그녀는 품속의 사진을 꺼내 한번 슥 훑어보더니 이내 성큼성큼 발걸음을 옮겼다.

그리곤 아주 자연스럽게 그의 어깨를 치고 지나갔다.

툭.

"어, 어어……!"

그는 한 손에 뜨거운 커피를 들고 있다가 그녀가 어깨를 치고 지나가는 바람에 커피를 쏟고 말았다.

고급스러운 양복이 갈색 커피로 물들자 주변에 서 있던 사람들이 벌 떼처럼 일어났다.

"국장님!"

"저런 몰상식한 여자를 보았나?! 어이, 이봐요!"

순간, 그녀는 돌아서서 순진한 표정으로 물었다.

"저요?"

"그래요, 당신! 사람을 치고 지나갔으면 미안하다는 말 한마디쯤은 해야 하는 것 아닌가요?!"

그제야 그녀는 커피를 쏟았다는 사실을 알아챘다는 듯 호들갑을 떨었다.

"어, 어머나! 죄송해서 어째요?!"

그녀의 호들갑에 그들은 일심동체가 되어 난리를 피웠다.

"이게 도대체 얼마짜리 양복인 줄 알고 그래요?! 세탁비가 꽤 나오겠는데?"

국장이라 불린 사내는 자신의 반들반들한 정수리를 한번 스윽 문지르더니 이내 미소를 지었다.

"괜찮아요. 사람이 그럴 수도 있지."

순간, 그녀는 그의 곁으로 바짝 다가와 손수건을 꺼내 들었다.

“괜찮으세요? 어쩌지?”

그녀는 연신 그의 가슴 부근을 손수건으로 훑어 닦으며 스킨십을 유도했다.

덕분에 그는 그녀의 부드러운 손길과 풍만한 볼륨감을 만끽할 수 있었다.

“어, 어허허! 괜찮아요! 사람이 그럴 수도 있지!”

“하지만 국장님…….”

“어허, 이 사람들! 사람이 실수를 할 수도 있지, 안 그런가?”

아량이 넓다는 것을 보여주려는 것인지, 아님 정말로 아량이 넓은 것인지 그는 대수롭지 않게 양복 윗도리를 벗어 툭 털어냈다.

퍼득!

“자, 됐지?”

“하지만 얼룩이…….”

“괜찮아. 이 정도로 옷을 버리지는 않으니.”

그녀는 괜찮다는 그에게 굳이 명함을 건넸다.

“그래도 제 마음이 불편해서 그러니 꼭 연락 주세요. 만약 와이셔츠를 버릴 일이 생긴다거나 세탁비가 많이 나오면 배상해 드릴게요.”

“하하, 괜찮다니까 그러네.”

"아니요. 꼭 연락 주세요."

이윽고 그녀는 돌아섰고, 그는 멀어지는 그녀를 뚫어져라 쳐다보았다.

* * *

열효율 99%의 엔진이 거의 완성 단계에 이르렀다.

그저 부피를 줄이는 것에서 그치는 것이 아니라 연비를 복합적으로 올리는 데 주력하기로 했고, 화수와 찬미는 드디어 엔진의 프로토타입을 완성했다.

두 사람은 기차에 도입한 순환 시스템에 보조 엔진을 장착했고, 엔진에 전기복합 시스템을 도입하기로 했다.

엔진에 아주 작은 마나코어를 촘촘히 박은 전기 구리선으로 보조 모터를 장착한 것인데, 이것은 사중으로 에너지를 만들어낼 수 있는 시스템이었다.

1차로 가솔린이 압축과 폭발을 일으켜 에너지를 생산하고, 수증기가 회전하면서 남은 열기를 보조 장치로 내려 보낸다.

이렇게 세 번에 걸쳐 에너지를 생산하면서 생긴 동력을 마나코어가 달린 모터가 재생산하는 형식이다. 마나코어가 달린 모터는 엔진이 작동하는 동안 계속해서 회전하며 자가발전을 한다.

그렇게 되면 마나코어가 회전에너지에 의해 자극을 받아

전지가 계속해서 충전되는 것이다.

이것이 다시 주 전력에 힘을 실어 보조 엔진과 함께 이중으로 힘을 더해주는 셈이다.

엔진이 완벽하게 연소하고 열 손실을 최소화하면서 복합 엔진까지 제대로 작동해 준다면 1리터를 넣고 30㎞를 움직이는 것도 충분히 가능했다.

가솔린관이 1리터에 30㎞를 움직이는 것은 기적과 같은 일로 만약 이것이 정식으로 출시될 수만 있다면 유럽 시장에서도 충분히 승산이 있을 것이다.

지금 유럽은 고효율 연비, 가성비 좋은 차량을 최고로 치는 분위기로 시장이 돌아가고 있기 때문이다.

화수는 회전판이 달린 엔진에 가솔린을 붓고 시동을 걸었다.

휘이이이이잉!

마나코어 복합 엔진의 가장 큰 장점이라면 소음이 거의 없다는 것이다.

엔진이 거의 완전연소에 가까운 연소율을 자랑하기 때문에 소음이 다른 엔진에 비해 극히 적어지는 것이다.

덕분에 보호 엔진관이 없다고 해도 이렇게 조용한 소리를 낼 수 있었다.

화수는 가속페달이 달린 버튼에 손가락을 가져다 댔다.

휘이잉!

원판이 점점 더 빠르게 움직임에도 불구하고 엔진은 아무런 이상을 보이지 않았다.

"좋군요. 이 정도면 엔진룸을 설계해도 좋겠어요."

"엔진룸은 제가 설계하도록 하지요. 사부님께선 자동차 회사에 남은 기술자들을 규합해 주세요. 원래 회사 내부에서 진행하던 프로젝트를 우리가 잡고 계속해 진행시켜야 해요. 그래야 시일을 조금이라도 단축할 수 있어요."

하이타 자동차는 1년에 한 번씩 무조건 신차를 뽑아내는 것으로 유명했다.

이것은 회장의 지침이기도 했지만 계속되는 회사의 부진을 커버하기 위한 몸부림이기도 했다.

그렇기 때문에 지금 이 회사에는 좌절된 프로젝트와 출시가 불발된 완성품이 꽤나 많을 것이다.

그런 제품들을 짜깁기해서 도면을 새로 짠다면 아주 괜찮은 차가 탄생할 수도 있었다.

"좋습니다. 저는 지금부터 연구소로 가서 괜찮은 물건이 있는지 한번 확인해 보겠습니다."

"그래주세요."

화수는 곧장 하이타 연구소로 향했다.

* * *

자동차 회사를 인수하면서 자동차 연구소까지 통째로 인수하여 대부분의 장비는 그대로 남아 있었다.

강철 소재를 다루는 연구직이 아닌 경우엔 거의 대부분 자동차 기술자들이기 때문에 이직률이 거의 없다는 것이 연구소의 특징이었다.

연구이사인 하이용이 화수를 맞이했다.

"어서 오십시오. 연락을 받고 기다리고 있었습니다."

"반갑습니다."

두 사람은 서로 악수를 나누고 약 삼만 평 부지의 연구실 내부로 들어섰다.

이곳은 사람이 상주하거나 휴식할 수 있는 부대시설을 비롯해 연구에 필요한 모든 설비가 갖추어져 있었다.

비록 하이타 자동차가 제품을 출시할 때마다 번번이 참패하긴 했지만 이곳은 발전을 거듭하고 있었다.

연구가 회사를 움직이는 원동력이라고 믿은 하이타 회장의 근성이 이런 결과를 낳은 것이다.

덕분에 지금 빛을 보는 건 화수이지만 말이다.

화수는 하이용의 안내를 받으며 연구실 중앙동으로 향했다.

"이곳에 말씀하신 자동차의 포트폴리오와 관련 프로젝트의 모든 자료가 모여 있습니다."

하이타 자동차는 경차부터 대형 세단까지 자가용으로 사

용할 수 있는 모든 차량을 취급했다.

화수는 이 중에서도 중형 자동차에 관한 자료들을 추려보았다.

"완성 단계에 이르렀던 제품이 네 개, 불발된 프로젝트가 무려 열 개가 넘는군요."

"중형차는 그 회사의 거의 모든 주력을 담당한다고 해도 과언이 아닙니다만, 그만큼 성공하기 힘든 프로젝트지요. 저희도 엄청난 노력을 기울였지만 성과는 거의 나타나지 않았습니다. 그래서 그렇게 많은 실패작이 발생한 것이지요."

그가 보기에 이들이 만든 자동차는 대부분이 어딘가 하나가 부족해서 출시가 좌절되었다.

디자인이 좋으면 엔진에 결함이 생기거나 밸런스가 안 맞고, 엔진이 좋으면 디자인이 별로라 출시를 못했다.

하지만 이상하게도 이 모든 것을 합쳐 놓아도 자동차가 완성되지 않았다.

아무리 깊이 생각해 봐도 참으로 이상한 일이었다.

"으음, 옵션은 나날이 발전하는데 차량은 출시가 안 되고 있었군요."

"외국에서 기술을 사와서 달아봐도 뭐가 부족한 것인지 참패만 합니다."

"그렇군요."

화수는 그에게 총 다섯 개의 파일을 건네며 말했다.

"여기서 장점으로 작용할 기술만 골라서 다음 주 월요일까지 제출해 주십시오."

"옵션까지 모두 다 말씀이십니까?"

"파노라마 선루프나 전자동 시트같이 사람이 차를 이용하면서 사용하게 되는 기술은 뭐든지 다 넣으십시오."

"알겠습니다. 그렇게 하겠습니다."

여기서 나온 신기술의 문제점을 마도학으로 해결할 수만 있다면 아마도 당장 출시가 가능하게 될지도 모른다.

*　*　*

하노이의 한 술집.

공항 출입국 관리국장 용산이 자신보다 스무 살은 족히 어려 보이는 여자와 술을 마시고 있었다.

그녀는 대놓고 용산에게 접근해 왔음에도 불구하고 돈을 요구하지 않았다.

아무래도 그 부분이 이상하긴 했지만 워낙 섹시한 그녀이기 때문에 용산은 도저히 그녀의 손길을 거부할 수 없었다.

"한 잔 더 하실래요?"

살짝 달아오른 그녀의 얼굴이 더욱더 관능적으로 보이는 것은 지금 이 시간이 사람을 가장 흥분시키는 시간이라서 그럴 것이다.

용산은 연신 미소를 지었다.

"조, 좋지!"

그녀의 이름은 줄리아. 인도네시아에서 유학 중이라고 했다.

덕분에 영어를 능숙하게 구사하지만 본국에서 영어를 사용하는 것은 극도로 꺼린다고 했다.

그래서 그는 술을 마시는 내내 영어를 사용하지 않기 위해서 갖은 노력을 기울이는 중이다.

"여기 같은 술로 두 잔."

"네, 알겠습니다."

행여나 칵테일 이름을 말해 해서 영어를 입에 담을까 봐 아까부터 자세한 주문 대신 같은 것만 시키고 있었다.

하지만 그녀는 별로 대수롭지 않게 계속해서 술을 마셨다.

"…국장님은 제가 좋으세요?"

불현듯 술에 조금 취한 그녀가 용산에게 단도직입적으로 물었다.

그러자 그는 재빨리 고개를 끄덕였다.

"무, 물론이지!"

"그럼 나랑 잘래요?"

순간, 그는 머릿속으로 수만 가지 생각을 다 해보았다.

그녀가 꽃뱀일 경우엔 어떻게 대비해야 하며, 만약 그게 아니라면 앞으로 어떻게 관리해야 할지에 대한 것들이다.

용산은 자신이 할 수 있는 최선의 방어를 준비했다.

"좋지!"

"후후, 정말요?"

"물론이지! 그런데 내가 지금 현금이 부족해서 차에 다녀와야 할 것 같은데, 방을 좀 잡아주겠어?"

"방을요?"

"현금을 주고 갈게. 룸서비스 등과 같은 것을 예약하기엔 조금 힘들어서 말이지."

이곳의 기본 숙박비는 첫 입실 때 계산하도록 되어 있기 때문에 체크인하는 사람이 돈을 내야 한다.

그는 그녀가 방을 잡도록 한 다음, 자신이 자연스럽게 들어가 혹시나 있을 강간 혐의로부터 벗어나려는 것이다.

강간으로 엮이면 생각보다 골치가 아프다는 사실을 그는 너무나 잘 알고 있었고, 그것을 예방하기 위해 나름 머리를 쓰는 중이다.

"좋아요. 그렇게 할게요."

"저, 정말?"

"그럼요. 사람과 사람이 만나서 하룻밤을 지내는데 그게 뭐 어려운 일인가요?"

"고마워!"

"후후, 별말씀을요."

이윽고 그는 자리에서 일어나 술값을 계산하고 곧장 지하

주차장으로 향했다.

"방 잡으면 곧장 연락 줘!"

"알겠어요. 문자로 호실 남겨 드릴게요."

"고마워!"

두 사람은 호텔 라운지를 나섰다.

* * *

30분 후, 용산은 그녀가 잡아놓은 방으로 올라가기 위해 엘리베이터를 잡았다.

딩동!

그녀가 문자로 보내온 호실은 7층. 이 정도면 강간으로 몰릴 정황에서 벗어나기에 충분했다.

"후우, 긴장되는군."

이렇게 농염한 여자와 잠자리를 가져본 적이 도대체 언제이던가?

그는 오늘 오랜만에 회포를 풀 생각에 들떠 이런저런 생각에 잠겨 있었다.

팅!

아직 7층에 도착하지도 않았는데 문이 열렸다.

엘리베이터 문이 열리며 들어온 사람은 20대 중후반으로 보이는 청년이었는데, 인상이 상당히 날카로워 보인다.

"같이 좀 갑시다."

"뭐, 그러시죠."

그는 자동으로 청년의 복색과 얼굴을 훑어보았다.

얇은 트렌치코트에 레인부츠, 차림인데, 아무래도 요즘 우기를 맞아 이렇게 중무장을 하고 다니는 모양이다.

옷이 젖는 것을 싫어하는 청년이라면 충분히 그럴 수도 있겠다는 생각이 들었다.

하지만 그는 생각보다 오래 걸리는 엘리베이터 승강 시간을 그냥 보내기 뭣해 슬그머니 말을 걸었다.

"요즘은 이런 복장을 꽤나 많이 하고 다니더군요. 이 더운 베트남에서 말입니다."

"네."

"우리 때는 그저 얇은 바지에 반팔이 최고였는데 이젠 아닌 모양이더라고요?"

"잘 모릅니다."

"아, 그래요? 그나저나……."

"……."

그는 말이 별로 없는 사람인 모양이었다.

'과묵한 사람이군.'

엘리베이터에서 이런저런 얘기를 나누는 것이 뭐 그렇게 이상한 일인가 싶기도 했지만, 억지로 말을 시킬 수는 없는 노릇이었다.

그렇게 약 3초, 드디어 7층에 엘리베이터가 멈추어 섰다.

팅!

[7층입니다.]

"그럼……."

그를 뒤로하고 엘리베이터에서 내리려던 용산은 청년이 자신을 따라 내리는 것을 알 수 있었다.

"같은 층이었던 모양이군요."

"네."

그러고 보니 그는 층수를 누르지 않은 채 아주 자연스럽게 엘리베이터에 올라 있었다.

"하하, 제가 뭔가 착각을 한 모양이군요. 당연히 층수가 다른 줄 알았습니다."

"네."

같은 층이었다고 해도 그는 여전히 말이 짧다.

"이만……."

용산은 드디어 708호라고 쓰인 룸 앞에 섰다.

똑똑.

"나야."

문을 두드리자 그녀가 술에 조금 취한 얼굴로 문을 열었다.

"일찍 오셨네요?"

"하하, 내가 원래 성미가 좀 급해서 말이지."

용산은 황급히 문을 닫곤 호텔방 안으로 들어섰다.

"많이 기다렸어?"

"아니요. 괜찮아요."

어슴푸레한 방 안에 들어선 그는 조명을 받아 훨씬 더 농염해 보이는 그녀의 얼굴에 손을 올렸다.

"아름답군."

그녀에게 입을 맞추려는 순간, 그녀가 침대로 도망가 버린다.

"후훗, 이쪽으로 와요."

"하, 하하! 그럴까?"

침대로 도망간다는 것, 그는 이것이 무엇을 뜻하는지 잘 알고 있었다.

용산은 거리낌 없이 옷을 벗었다. 그리곤 재빨리 팬티까지 벗어 내리려 자세를 잡았다.

그녀와 용산은 겉보기에 20살은 넘게 차이가 나 보인다.

그럼에도 불구하고 그녀에 대한 의심 없이 옷을 벗는 것은 그의 직위 때문이었다.

남자는 늙으나 젊으나 능력만 있으면 어떤 여자도 꿰찰 수 있다는 것이 그의 철학이었던 것이다.

"이쪽으로 와!"

한 손으로 그녀의 어깨를 낚아채 침대에 눕힌 바로 그때였다.

철컹!

화장실과 옷장 문이 열리면서 두 명의 청년이 캠코더와 카메라를 들고 튀어나왔다.

"어이쿠! 그림 좋수다?"

"너, 너희들, 뭐야?!"

"큭큭, 저 노인네, 거시기가 벌떡 선 것 좀 봐. 아주 가관이군."

그는 오랜만의 정사 때문인지 물건이 하늘을 향해 바짝 서 있었는데, 그것은 속옷으론 도저히 감출 수 없을 정도였다.

"이, 이런 미친 새끼들! 내가 누구인 줄 알고! 통관국장에 친구는 경찰청장이란 말이다!"

붉으락푸르락 얼굴색이 변해가는 그의 분노가 호텔방을 가득 채워갈 때쯤, 방문이 열리며 레인코트를 입은 청년이 들어섰다.

그리곤 속옷만 입은 그의 발목을 걷어차 버렸다.

퍼억!

"크헉!"

"알지. 네가 어떤 사람인지. 그래서 지금 이런 짓거리를 하고 있는 것 아닌가?"

"뭐, 뭐라고?"

그는 태블릿PC를 꺼내어 인터넷을 연결했다.

"요즘 세상이 왜 무서운 줄 알아? 바로 인터넷이 너무나 발달되어 있다는 것이지. 그리고 그 인터넷은 젊은이들 사이에

선 필수라고. 아마도 네 딸 역시 인터넷을 즐기겠지?"

"무, 무슨 개 같은……?!"

청년은 태블릿PC로 SNS에 접속해 아주 익숙한 얼굴의 한 소녀와 채팅을 시도했다.

[안녕?]

[어? 오빠, 안녕?]

[잘 지냈어?]

[응. 물론이지. 오빠는 어땠어? 내 생각 좀 했어?]

순간, 용산의 얼굴이 잿빛으로 변했다.

"미, 민?!"

용산이 지금 보고 있는 장면은 다름 아닌 괴한과 자신의 딸 민이 채팅을 즐기고 있는 모습이다.

그것도 민과 괴한은 상당한 친분이 있는 듯했다.

"후후, 딸이 꽤나 미인이더군. 하지만 소녀라 그런지 미남에게 상당히 약한 모습을 보이더라고."

"내, 내 딸은 잘못이 없지 않나?! 내가 무슨 잘못을 한 것인지는 몰라도……."

청년은 고개를 가로저었다.

"으음, 네가 보기엔 내가 어린아이이나 건드리는 개새끼로 보이나?"

"그, 그럼……."

"지금 이 사진을 네 딸에게 보여주면 어떻게 될까? 그리고 이것을 네 딸의 친구들에게 퍼뜨린다면? 후후, 생각만 해도 재미있군."

순간 그는 그제야 이 상황이 어떻게 된 것인지 이해했다.

이 모든 것이 그의 딸에게 알려진다면 충격을 받음은 물론 주변으로부터 엄청난 질타와 따돌림을 받을 것이다.

"아마 이 영상과 사진이 퍼져 나간다면 네 딸이 너를 어떻게 생각할까? 큭큭, 쓰레기? 아니면 변태새끼?"

"이, 이런 빌어먹을!"

그는 USB에 영상을 담에 태블릿PC에 업로드하기 시작한다.

"자자, 앞으로 어떤 일이 벌어질까요?"

만약 이 영상이 퍼져 나간다면 그의 인생은 물론이고 가정까지 파탄에 이르게 될 것이다.

그렇게 된다면 지금껏 쌓아온 모든 것이 수포로 돌아가고 만다.

'이런 젠장!'

일단 그는 무릎을 꿇었다.

"제, 제발! 이렇게 빌 테니 그런 짓은 그만두시오!"

"후후, 이제야 좀 상황이 이해가 되는 모양이지?"

"사, 살려주십시오!"

지금 그가 발가벗고 무릎을 꿇은 모습까지 모두 영상으로 기록되고 있지만 무릎을 꿇지 않을 수가 없었다.

그렇지 않으면 지금 이전의 동영상이 퍼져 나가 손을 쓸 수 없기 때문이다.

"자자, 이젠 내가 칼자루를 쥐고 있다는 것을 잘 알겠지?"

"무, 물론입니다!"

"그렇다면 앞으로 내가 시키는 일은 무엇이든 해야 한다는 것도 알고 있겠지?"

"당연합니다!"

"하하, 좋아."

그는 용산에게 핸드폰을 하나 건넨다.

"위치 추적은 물론이고 발신 추적도 소용없는 핸드폰이다. 대포폰이라 발신 내역도 조회가 불가능하지. 앞으로 내가 너에게 연락할 땐 이 핸드폰을 사용할 것이니까 그렇게 알라고."

"아, 알겠습니다."

이윽고 그녀는 괴한들과 함께 나가 버렸고, 그는 주섬주섬 옷을 챙겨 입었다.

* * *

호텔의 지하주차장.

묵묵히 울음을 참고 있던 여자, 투하가 로이드를 향해 돌아서더니 이내 따귀를 올려붙였다.

짜악!

순간, 그의 옛 부하들이 그녀를 향해 가감 없는 적의를 드러냈다.

"이런 미친 여자를 보았나?!"

하지만 로이드가 그들을 만류했다.

"그만, 그만해라."

"하, 하지만 보스……."

"괜찮다. 따귀 한 대 정도야, 뭐."

부들부들 떨리는 그녀의 몸. 로이드는 슬그머니 미소를 지었다.

"왜? 내가 꾸민 연극이 별로 재미없었나?"

"넌 지금 나를 팔아먹으려 작정한 것이잖아! 이게 지금 뭐 하는 짓이지?!"

"뭐 하는 짓이긴, 연극이지."

그는 자신이 방금 전 이용하던 캠코더와 태블릿PC를 꺼내 들었다.

하지만 그 안에는 영상을 녹음할 수 있는 전원 케이블조차 들어 있지 않았고, 태블릿PC는 같은 장면만 반복하는 영상이 상영되고 있었다.

"뭐, 이런 것을 말하는 건가? 이런 영상을 틀어놓는다고 인터넷이 작동하기나 할까?"

"그럼 아까 그건……."

"내가 바보로 보이나? 그런 영상을 마음대로 찍어서 유포시키게? 난 그 민이라는 여자의 이름도 몰라. 그 멍청이가 생각보다 더 멍청해서 너무 쉽게 걸려든 것뿐이지."

그는 이내 자신의 핸드폰을 꺼내 든다.

"아참, 이런 영상은 찍었으니 하나 건졌다고 해야 하나?"

로이드는 용산이 중요 부위를 하늘 높이 들어 올린 채 무릎 꿇은 영상과 사진을 핸드폰에 저장해 놓았다.

그는 그 영상을 보여주며 말했다.

"애초에 넌 그냥 미끼였을 뿐이다. 입을 맞추지 않은 것은 그나마 칭찬해 줄 일이라고 해두지."

"그럼……."

"난 그저 저 탐관오리가 꼴 보기 싫어서 조금 오버했을 뿐이다. 그런데 넌 거기에 한 술 더 뜨는군."

"……."

로이드는 용산이 평소 어떤 사람이었는지 설명했다.

"저 용산이라는 놈, 아주 나쁜 놈이더군. 통관국장으로 있으면서 이곳저곳에서 돈을 떼어먹는 것은 우습고, 마약부터 귀금속까지 다 챙겨서 뒤로 돌리더라고. 그리고 베트남에서 타국으로 몰래 빠져나가는 불법 출국자들이나 도피를 위해 해외에서 도망 오는 놈들까지 숨겨주며 뒷돈을 받았다. 또한 생계 때문에 자국을 떠나는 여자들을 협박해서 강제로 성관계까지 가졌지. 저런 놈은 벌을 받아도 싸지 않겠나?"

그녀는 자신이 생각하던 로이드의 모습과 지금의 모습이 너무나 달라서 말을 이을 수가 없었다.

"그, 그건……."

"사람은 언제나 멀리 봐야 한다고 배웠다. 너도 좀 배웠으면 좋겠군."

그는 그녀에게 항공권과 현금을 조금 건넸다.

"이것을 가지고 한국으로 가라. 그리고 그곳에서 새로운 삶을 시작해. 물론 쉽지는 않겠지. 하지만 생활하다 보면 그럭저럭 살 만한 나라라는 것을 느끼게 될 거야."

그리고 그는 그녀에게 묵직한 가방을 하나 건넨다.

"아참, 그리고 회사에 입사하면 비서 일이나 정보원 일을 하게 될 거다. 그때를 대비해 한국어와 영어를 배워둬. 만약 내가 원하는 수준까지 익히지 못한다면 당장 퇴출이다."

그녀는 가방에 든 영어책과 한국어 교과서를 바라보며 미소를 지었다.

"오랜만이네."

투하는 고등학교를 다니던 시절 영어와 한국어를 공부한 적이 있는데, 원래는 대학도 영어와 한국어 관련 학과로 가려 했다.

하지만 원치 않는 임신으로 학교를 다닐 수 없게 되었고,

혼자서 아이를 키우다 보니 이런 좋지 않은 일까지 해야 했다.

그는 애초에 뒷골목 마약 뚜쟁이들에게 수소문해 그녀의 소식을 알아보았고, 처음부터 그녀를 기용하기 위해 이런 일을 벌인 것이다.

"앞으론 우리 함께 일하게 될 거다. 이제 너는 그런 스트립 바에서 일하면서 인생을 허비할 필요 없다는 소리지."

"아아……."

감동의 눈물을 흘리려는 그녀를 뒤로하고 로이드는 돌아섰다.

"이 여자의 집으로 따라가서 아이와 함께 공항까지 안전하게 데려다 줘. 난 할 일이 있어서 말이야."

"알겠습니다. 아무쪼록 몸조심하십시오."

"고맙다."

로이드는 자신이 끌고 온 차를 타고 호텔을 나섰고, 그녀는 그의 옛 부하들과 함께 자신의 집으로 되돌아갔다.

* * *

베트남으로 들어오는 부탄 및 제3국의 노동자 문제가 해결될 즈음 하이타 자동차의 연구소에서도 새로운 소식이 들려왔다.

화수가 엔진과 하체부를 완성한 설계도면을 연구소에 건네주었는데, 연구소는 지금까지 자신들이 만들던 자동차들을 적당히 융화시켜 최적화된 차량을 탄생시킨 것이다.

그는 하이타 연구소, 아니, 이제는 이수 자동차 연구소로 명명된 건물에서 브리핑을 받고 있었다.

"지금 보시는 이 자동차가 바로 차세대 중형 세단과 준대형 세단입니다. 그리고 이것은 준대형 스포츠카이며, 또 한 대는 대형 SUV입니다. 지금까지는 출력이나 연비 문제로 좌절되거나 프로젝트가 아예 망한 것들이지요. 하지만 엔진과 하체부를 교체하면서부턴 그런 문제가 아예 없어지게 되었습니다."

화수가 찬미와 함께 만든 엔진은 총 네 개였다. 모두 다른 특성을 가지고 있어 여러 차종에 사용할 수 있었다.

"먼저 중형 세단에 들어가는 최고 연비 중심적 차량에 대한 브리핑입니다. 기본 연비 60㎞에 복합연비까지 더하면 무려 80㎞에 육박하는 괴물입니다. 이 정도면 일본에서 출시한 최고 연비 소형차보다 무려 15㎞, 심지어는 미국의 전기 복합 자동차보다 많이 갑니다. 게다가 복합 연비론 세계 최고라고 할 수 있지요."

화수가 개발한 완전연소 차량에 각종 옵션을 더하고 강판까지 두껍게 올렸음에도 불구하고 이 정도 연비가 나온다는 것은 소형차에 이것을 장착시키면 두 배는 더 나올 수 있다는 소리였다.

“무게가 무려 2톤에 육박합니다. 그럼에도 불구하고 중형이라고 불리는 것은 배기량이 낮기 때문이죠. 2,000cc에 불과한 배기량으로 이 정도 출력을 낼 수 있다는 것은 기적이라고 할 수 있습니다. 복합 엔진으로 인한 연시 상승도 그렇고요. 한마디로 완벽한 자동차입니다. 우리는 이 자동차에 ‘퍼펙트’ 라는 이름을 붙였습니다.”

자동차의 보닛은 마치 앞으로 튕겨져 나가는 듯한 칼날을 연상시켰고, 하부는 둥글고 길게 쭈욱 뻗어 시원한 곡선을 만들어내고 있다.

마치 만화에서 보던 자동차를 보는 것 같은 착각이 들 정도로 아름다운 외관을 자랑하고 있었다. 그만큼 편의시설도 많이 갖춰져 있었다.

“어지간한 옵션은 다 들어 있다고 보시면 됩니다. 심지어 사장님께서 주신 홀로그램 장치까지 들어 있으니 세계 최초라는 수식어가 아깝지 않겠군요.”

화수는 만족스러운 눈으로 박수를 보냈다.

짝짝짝!

“좋습니다. 그럼 다음 세단과 스포츠카에 대해 설명해 보시죠.”

그는 영상을 다음으로 넘긴다.

“지금 보시는 영상은 기본 연비 45㎞에 총중량 3톤에 달하는 준대형입니다. 이름은 '엡솔루트' 입니다. 배기량은 2,700cc부터 3,200cc까지 총 세 가지 모델을 출시할 겁니다. 물론 배기량이 높다는 것은 힘이 다르겠지요. 하지만 들어가는 옵션이나 연비는 비슷비슷합니다. 그저 소비자들에게 조금 더 많은 선택의 기회를 주고자 했을 뿐입니다."

"연비를 제외한 다른 옵션은 뭐가 있지요?"

"막강한 출력과 빗길에 강한 복합 타이어겠지요. 영국에서 수입한 이 기술력은 차량 가격 때문에 망설이던 것입니다. 하지만 생산 단가가 훨씬 저렴하게 나오니 당연히 도입되어도 괜찮다고 봅니다."

화수는 고개를 끄덕였다.

"좋습니다. 그럼 스포츠카와 SUV에 대해 들어봅시다."

다음 영상으로 돌려보니 같은 모델의 스포츠카와 또 다른 기종의 SUV가 모습을 드러낸다.

"지금 보시는 이 스포츠카는 사장님이 개발하신 12기통 엔진을 가진 차량입니다. 개인적으론 슈퍼카 대열에 들어가도 무난하다고 생각하는 차이지요. 4,800cc급의 스포츠카에 풀 4륜구동입니다. 최대 출력이 600hp에 최대 도크는 60.3kg에 달하지요. 또한 최대 속력 350km로 동급 차량에선 따라올 자가 없는 괴물 중의 괴물입니다."

화수는 마치 영화 '베트맨' 에 나오는 차량과 흡사하게 생긴 차량을 바라보며 감탄사를 연발했다.

"와, 엔진만 개발했지 이런 걸작은 생각도 못했습니다."

"하이타 그룹에선 모든 역량을 퍼부어 슈퍼카를 개발할 생각을 했었지요. 그때 구상한 모델에 사장님의 괴물 엔진을 장착시켜 이것을 완성해 냈습니다. 자동차의 밸런스까지 잡아줄 수 있는 완벽한 하체 덕분에 2톤의 중량을 버티면서도 연비 20㎞의 괴물 슈퍼카가 탄생하게 된 겁니다."

화수는 복합 엔진을 최대로 계량해서 슈퍼카와 비슷한 성능을 낼 수 있는 엔진과 하체부를 개발했다.

물론 설계는 이종면 교수팀이 했지만 그것을 완성해 프로토타입까지 만들어낸 것은 순전히 화수와 찬미의 노력 덕분이었다.

"만약 이것을 출시하기만 한다면 틀림없이 국내에선 초대박이 날 겁니다. 물론 한국과 일본, 중국 역시 마찬가지겠지요."

"으음, 그렇군요."

그는 이번에는 SUV에 대해 설명했다.

"이건 정말이지 말이 필요 없는 차입니다. 미국 험비 제작사와 손을 잡고 만들어내려던 작품입니다. 차량 높이 2,500㎜, 길이 5,700㎜, 차폭이 2,380㎜, 휠베이스는 무려 3,886㎜입니다. 유리의 두께는 무려 70㎜이지요. 엔진은 가솔린관 6,000㏄ 단일 차종입니다. 총중량은 무려 6톤에 달하지요."

화수는 너무나 무식한 이 자동차를 바라보며 혀를 내둘렀다.

"이런 물건이 팔리기나 하겠습니까?"

"원래는 그래서 좌절되었습니다만, 이런 차가 연비 15㎞에 복합 연비 25㎞까지 나온다고 상상해 보십시오."

"으음, 그건 그렇군요."

"중요한 것은 일반인이 이 자동차를 유지할 수 있다는 점입니다. 물론 가격이 조금 올라가긴 하겠지만 생산 단가가 워낙 낮으니 가능할 겁니다."

하체부와 엔진룸은 화수가 직접 설계했고, 거기에 들어가는 부품이 모두 재생이나 마나 제작이라서 생산 단가가 무려 1/10로 줄어든다.

그렇기 때문에 이런 말도 안 되는 물건들이 줄을 지어 나올 수 있는 것이다.

"이 차는 제한 생산되는 차량으로 스페셜 에디션처럼 출시해서 이목을 끌어야 합니다. 그게 전략이지요."

이번에도 화수는 만족스럽다는 듯 웃었다.

"좋아요, 좋아. 이대로 출시해도 무방하겠군요. 수고들 많았습니다."

"감사합니다."

화수는 이번 프로젝트를 기필코 성공시키고야 말겠다고 다짐했다.

"무슨 수를 써서라도 제가 차량을 팔도록 하겠습니다. 여러분은 이제부터 동북아시아에서 어떻게 차를 수리할 것인지에 대해 대안을 마련하도록 하십시오."

"예, 알겠습니다."

화수는 이제 초도 생산을 위한 발걸음을 옮겼다.

3장

실패한 자동차 회사에서
베트남 최고의 자동차 회사로

공장을 마나코어로 돌리는 데 필요한 요소야 많겠지만 가장 문제가 되는 것은 바로 자동 공정에 관한 것이었다.

만약 이것이 그저 일반적인 자동차를 만드는 일이라면 모를까, 마나코어와 마나신경체계를 연결해야 하는 일이기 때문에 상당히 까다로운 작업이 요구됐다.

화수는 그것을 해결하기 위해 마나신경로봇을 만들어냈다. 이것은 그의 전생에서 사용하던 공법을 그대로 사용한 것이다.

제국은 마도병기를 대량으로 생산하기 위해 인조 인간 로봇을 찍어내는 공장을 만들어냈다. 그곳에서 사용하던 것이 바로 이 로봇 팔이었다.

로봇 팔은 초대형 마나코어를 이용해 각 개체에 마나를 주입시키고 정밀한 작업으로 마나코어를 인체에 심는 역할을 했다.

사람의 심장을 도려내는 일은 모두 마법사가 했지만 그 심장의 절반을 심어내는 것은 기계도로 충분히 해낼 수 있었다.

물론 이것을 완성시키는 데 필요한 마무리 작업과 교정 작업은 모두 화수의 몫이었다.

이수 자동차 지하실에 위치한 연구실. 화수와 찬미는 이제 곧 마나코어를 심어 넣을 수 있는 로봇 팔 완성을 코앞에 두고 있었다.

화수는 로봇 팔이 중앙제어장치를 통해 움직일 수 있도록 스위치를 연결했고, 스위치는 아주 단순하게 움직이도록 설계했다.

그는 로봇 팔을 조종할 수 있는 레버를 좌우로 흔들어 보았다.

위잉.

"으음, 잘 움직이는군."

"후우, 이렇게 간단한 일인 줄 몰랐어요."

"그러게 말입니다."

두 사람은 마나신경체계로 이뤄진 로봇 팔을 원격으로 움직이는 것에 대해 상당히 많은 고뇌를 거쳤지만 원리는 의외로 간단했다.

마나신경체계를 전자극식으로 바꾸어 작동시키면 자동 레버가 로봇 팔을 움직일 수 있었다.

그렇게 된다면 사람과 직접적으로 신경을 연결할 필요가 없을 것이고, 당연히 로봇 팔도 움직일 수 있게 되는 셈이다.

"원래 해답은 가장 가까운 곳에 있다고 했습니다. 우리가 조금 오버한 것이지요. 급할수록 돌아가라고 했는데 말이죠."

"후후, 그런가요?"

그녀는 매일 새로운 것을 개발해 내야 한다는 강박관념에 시달리고 있었다. 이것은 화수로 하여금 예전의 자신을 보는 것 같은 착각에 빠져들게 했다.

"충고를 하나 하자면 말입니다, 너무 한 가지에 치우쳐 생각하지 말라는 겁니다. 저도 한때 그런 치우침으로 인해 인생을 말아먹을 뻔한 적이 있지요."

"스승님께서요?"

화수는 자신이 제국에 복수하기 위해 갈던 칼날을 기억해 냈다.

"저도 사람인지라 그럴 수밖에 없었습니다. 하지만 그래선 절대로 진전이 없습니다. 그러니 쉴 때는 쉬고 일할 때는 일하는 사람이 되십시오."

그녀는 작게 고개를 끄덕였다.

"알겠어요. 다음부턴 조금 인간적으로 일해보도록 할게요."

화수는 그녀에게 사원증을 하나 건넸다.

[주식회사 이수개발이사 : 김찬미]

그녀는 사원증을 바라보며 고개를 갸웃거렸다.

"이게 뭔가요?"

"우리 원년 멤버들과 함께 상의해서 내리는 직급입니다. 이사가 적당할 것 같다고 말하더군요."

"하, 하지만……."

어쩐지 이사 직함을 부담스러워하는 그녀에게 화수가 다시 한 번 사원증을 내밀었다.

"노블레스 오블리주. 찬미 씨가 직함에 맞게 행동할 사람이라는 것을 알기 때문에 주는 겁니다. 새롭게 부사장으로 임명된 전희수 씨도 동의했다니까요."

"그래도……."

"받아주세요. 그래야 당신과 내가 한 식구가 된다는 느낌이 들지 않습니까? 그래도 사제 간인데 이 정도는 해야지요."

스승과 제자라는 말에 그녀는 어쩔 수 없이 사원증을 받았다.

"알겠습니다. 그럼 직함에 부끄럽지 않도록 열심히 하겠습니다."

"부디 그래주세요. 또한 우리가 힘을 합쳐 당신을 버린 그들에게 복수할 수 있는 그날이 왔으면 좋겠습니다."

"고맙습니다."

이윽고 그는 찬미에게 카드를 한 장 건넸다.

"법인카드입니다. 쇼핑을 하던 외식을 하던 마음대로 쓰고 돌아오십시오."

"그래도 괜찮아요?"

"으음, 한도가 초과되지 않는 선에서 사용해 주세요."

그녀가 미소를 지었다.

"알겠어요. 적당히 놀다가 올게요."

"그러시죠."

세상의 빛을 본 지가 아주 오래된 그녀이기에 어떤 일이 벌어질지 알 수가 없다.

화수는 그녀에게 명함을 한 장 건넨다.

"아참, 그리고 나갈 땐 이 사람과 함께 다니십시오."

"누군데요?"

"제 동생입니다."

"동생?"

"그런 사람이 있어요."

그녀는 고개를 끄덕였다.

"아무튼 알겠어요."

화수는 그녀에게 로이드의 명함을 주었고, 그는 하루 동안 자신의 남는 시간을 그녀에게 할애해야 할 것이다.

화수는 로이드 역시 휴식을 모르는 사람이니 하루쯤 머리를 비우는 것도 좋은 방법이라고 생각했다.

* * *

10월 첫째 주.

서울 강남에 위치한 코엑스아트홀에서 서울모터쇼가 열릴 예정이다.

세계의 모든 자동차 회사에서 참여하는 이번 행사에는 베트남에 공장을 두고 한국에 본사를 오픈한 이수 자동차 역시 참여하기로 했다.

화수는 베트남 하노이 공장에서 첫 공정식을 갖기로 하고 모든 임직원을 한자리에 모았다.

이번 공정에서 만들어질 자동차는 총 네 대로, 중형차 퍼펙트, 준대형 엡솔루트, 스포츠카 엡솔루트 쿠페, 그리고 초대형 SUV 히어로였다.

화수는 마나코어로 만들 수 있는 자동화 체계를 모두 갖춘 상태로 최초 공정에 들어갔고, 드디어 초도 생산 물품이 선을 보이게 된 것이다.

화수는 가장 처음으로 선을 보이게 된 퍼펙트를 타고 임직원들에게로 다가갔다.

위이이이잉!

중형차가 내는 소리라곤 전혀 상상조차 할 수 없을 만큼 부드럽고 조용한 엔진 소리에 임직원들이 화들짝 놀랐다.

"이, 이건……!"

이윽고 차에서 내린 화수는 나머지 초도 생산 물량도 가지고 나올 것을 지시했다.

"나머지 차도 다 가지고 나오십시오."

화수의 뒤를 잇는 자동차들의 향연은 그야말로 넋을 잃게 만들 정도로 신비로웠다.

준대형 세단 특유의 조용함은 물론이고 대형차와 비교해도 절대 뒤지지 않는 웅장함에 안정성까지 갖춘 엡솔루트의 위용은 한마디로 감탄 그 자체였다.

그리고 쿠페 모델인 엡솔루트 쿠페는 이제까지 그 누구도 상상하지 못한 비밀병기였다.

부아아아아앙!

엄청난 굉음이 공장 앞 광장을 울리자 생산직에 종사하게 될 인부들이 입을 쩍 벌렸다.

"슈, 슈퍼카?!"

"하이타 자동차, 아니, 이수 자동차에서 이런 것을 만든다고?!"

"허, 허어!"

아무리 물 건너온 젊은이들이라고 해도 슈퍼카를 제대로 제조할 수 있는 회사가 얼마 되지 않는다는 사실은 익히 알고 있을 것이다.

그럼에도 불구하고 이곳 베트남에서 슈퍼카가 떡하니 출시되니 놀랄 수밖에 없었다.

그리고 마지막으로 선을 보인 초대형 SUV는 마치 장갑수송차인 '험비' 를 연상케 한다.

"태, 탱크?!"

"오오!"

화수는 그들에게 지금 이수 자동차가 가진 저력에 대해 설명한다.

"우리는 지금까지 10년이 넘도록 쌓아온 하이타 자동차의 경험에 우리 이수기업의 기술력을 더했습니다. 덕분에 시너지 효과를 얻을 수 있었지요. 아마 우리는 독보적이고 혁신적인 기술력으로 세계의 주목을 받게 될 겁니다."

화수는 자신의 앞에 선 외국인 노동자들을 바라보며 말했다.

"앞으로 당신들은 이곳의 정직원이 되어 한국이나 유럽으로 진출할 수 있는 기회를 얻게 될 겁니다."

"오오!"

부탄이나 몽골 같은 나라에서 온 사람들에겐 한국은 그야말로 기회의 땅, 거기에 유럽이라니, 환호하지 않을 수 없었다.

사기 진작을 위해 월급을 얼마 준다거나 상여금을 어느 선까지 제공한다는 등의 소리는 필요 없었다.

이들에겐 넉넉하고 안정적으로 살 수 있는 나라가 필요했다.

"앞으로 잘 만하면 가족들을 데리고 올 수 있는 여건도 갖추게 될 겁니다."

"오오오!"

"하지만 그런 기회가 더욱더 많아지자면 여러분이 잘해야 합니다. 만약 회사가 조금 힘들다거나 일이 고되다고 회사를 뛰쳐나가면 오히려 범죄자가 되어 살아갈 겁니다. 그러니 저와 회사를 실망시키는 일이 없었으면 합니다."

차를 개발하는 것도 중요하지만 생산 가능한 공장과 인력을 갖추는 것 또한 중요했다.

화수는 그 중요한 일을 맡아줄 사람들에게 희망을 주기로 했다.

* * *

하이타 그룹의 총수 집무실.

후앙쿵이 가이쿵의 보고를 듣고 있다.

"인력을 부탄과 몽골 등지에서 데리고 왔다?"

"예, 그렇습니다."

"신분도 확실하지 않은 놈들을 도대체 무슨 수로 그렇게 많이 데리고 올 수 있었지?"

"거기까진 아직 파악하지 못했습니다."

"으음, 그렇단 말이지?"

후앙쿵은 화수가 회사를 인수하고 난 후 얼마 지나지 않아 회사가 무너질 것이라고 예상했다.

하지만 그는 아슬아슬하게 어긋난 부분들을 맞춰 나가고 있었다.

인력난을 타개하기 위해 타지에서 베트남으로 인부를 들여올 줄 누가 상상이나 했겠는가?

"돈을 주고 사람을 사오다니, 놈의 머리가 꽤 좋은 모양이군."

"그러게 말입니다. 발상의 전환이었습니다. 설마하니 임금이 싸기로 유명한 베트남으로 제3국의 인부를 들여올 줄 아무도 상상 못했을 겁니다."

이윽고 후앙쿵은 가이쿵에게 비밀리에 제조하고 있다는 자동차에 대해 물었다.

"그들이 만든 차량의 제원은 파악했나?"

"30%에 불과하지만, 파악하긴 했습니다."

"말해보게."

"우선 준대형 세단에 대해서만 제대로 파악했습니다. 그들이 만든 제원은 이렇습니다."

그는 가이쿵이 말하고 있는 제원에 대해 듣고는 고개를 갸웃거렸다.

"연비 60km? 그런 차가 존재하긴 한단 말인가?"

"저도 처음엔 긴가민가했습니다. 하지만 그들이 서울모터쇼에 출전한다는 것을 듣고는 이것이 과연 거짓이 아니라고 생각하게 되었지요."

"으음, 연비 60km의 자동차라……. 이거 잘 만하면 대박 터지겠는데?"

반 강제로 회사를 팔아먹긴 했지만 그는 아직도 하이타 자동차 수복에 대한 열망을 가지고 있다.

하지만 앞으로 강화수라는 청년이 회사를 어떻게 이끌어 나갈지에 대해서도 무척이나 궁금했다.

"그나저나 제3세력의 개입에 대해선 알아보았나?"

그는 고개를 가로저었다.

"그게 말입니다, 좀처럼 쉽지가 않습니다."

"쉽지가 않다니? 그게 무슨 말인가?"

"정체를 파악하려 움직이다 보니 계속 동선이 꼬이는가 하면 그 발자취가 점점 묘연해진다는 것을 알 수 있었습니다."

"발자취가 묘연해진다……."

"이를테면 멀쩡하던 회사가 폭발하던 순간 같은 겁니다. 아무리 베트남 경찰의 수준이 떨어진다고 지적하지만, 그들

역시 과학수사를 추구하는 사람들입니다. 그들이 아직까지 오리무중으로 가만히 있다는 것은 뭔가 이상하지요."

"으음."

"아마도 베트남 계열 조직과 연관이 있다고 생각됩니다. 그것도 크고 굵직굵직한 사건만 다루는 조직 말입니다."

"그런 조직이 있던가?"

"있습니다. 청방이라는 조직이 있지요. 그들은 베트남뿐만 아니라 동남아시아 지역을 아우르는 범죄 집단입니다. 그런 그들이라면 회사 하나를 박살 내는 것쯤은 아무것도 아니지요."

"아아, 청방!"

그는 턱에 손을 괸 채 생각에 잠겼다.

"어째서 청방에서 이런 짓을……."

"아직까지 단정하긴 이릅니다."

후앙쿵은 그에게 돈다발을 건넸다.

"그들에 대해 조사해 줄 수 있나?"

"할 수 있는 한 최선을 다하겠습니다. 하지만 역시 위험한 놈들이라서 섣불리 건드릴 수는 없을 겁니다."

"괜찮네. 알아낼 수 있는 데까지만 알아봐 주게."

"예, 알겠습니다."

청방이라는 단어는 동남아시아 지역에서 사업을 꽤나 크게 하는 사람이라면 누구나 알고 있는 이름이다.

그들과 회사가 엮였을 수도 있다고 생각하니 머리가 아파오는 후앙쿵이다.

'그들이 노리는 것이 혹시나 회장 자리는…….'

언뜻 듣기로 청방은 양지로 나아갈 준비를 하고 있다고 했다.

지금 이 사건을 생각해 보면 충분히 승산이 있었다.

다만 이것이 그저 생각만으로 끝나길 기도해 보는 후앙쿵이었다.

* * *

2년에 한 번씩 열리는 서울모터쇼에서 친환경의 해를 맞이해 고연비, 고효율이라는 타이틀로 이벤트 모터쇼를 열었다.

1995년부터 2년마다 한 번씩 홀수 해에 열리는 서울모터쇼에서 UN의 요청으로 인해 번외 모터쇼를 개최하게 된 것이다.

유엔에서 자금을 대고 이름과 장소만 제공하는 식으로 모터쇼가 성립된 것이다.

비록 친환경의 해를 맞아 열린 번외 쇼라곤 하지만 세계 각국의 쟁쟁한 자동차 회사들이 모두 참여했다.

미국의 볼V를 비롯해 영국의 롤스S이스까지, 자동차 역사에 길이 남을 만한 굵직굵직한 글로벌 기업들이 다 모이는 자리가 될 것으로 예상되고 있었다.

그중에서도 가장 작은 부스를 차지한 회사가 있었으니 바로 한국계 베트남 기업인 이수 자동차였다.

이수 자동차는 이곳에 차를 가지고 오는 순간부터 엄청난 주목을 받고 있었다. 그것은 바로 동북아시아에 처음으로 베트남 차가 상륙했기 때문이다.

화수는 분명 이수 자동차의 전신은 한국 기업이고, 이 회사에 상주하고 있는 기술자의 대부분이 한국 사람이라는 것을 분명히 밝혔다.

하지만 이의 전신이 하이타 자동차라는 것 때문에 엄청난 마이너스 요소가 있었다.

그저 국적이 다르다는 이유로 자동차 회사의 급을 낮게 본 것이다.

그러나 이렇게 절망적인 순간에도 화수에겐 기회가 남아 있었다.

그것은 바로 자동차의 프로모션이 열리는 순간이었다.

각 회사의 대표 차종에 대한 프로모션을 갖는 시간이 각각 주어지는데, 화수는 이를 이용해 사람들의 이목을 집중시킬 예정이었다.

ㅡ이제 곧 프로모션 행사를 진행하겠습니다. 내빈 여러분께선 자리하여 주십시오.

안내방송이 울려 퍼지자 프로모션을 위한 중앙광장으로

사람들이 삼삼오오 모여들기 시작했다.

그리고 부스 뒤에선 무대에 오르기 위한 콘셉트 카들이 준비를 서두르고 있었다.

그런 와중에 한국 공영방송에서 프리랜서를 선언하고 현재 최고의 주가를 올리고 있는 임형진 아나운서의 목소리가 장내에 울려 퍼졌다.

—지금부터 UN이 후원하고 서울시가 주최하는 서울모터쇼가 펼쳐지겠습니다!

짝짝짝짝!

—그 대단원의 막을 열게 될 회사는 과연 어디일지 지켜봐 주십시오!

방송 멘트가 끝나고 난 후 모습을 드러낸 차종은 독일의 중형 복합전기차였다.

마이크를 잡은 독일 에스메릴다 사의 오너 에스메릴다 미하일이 자동차와 함께 모습을 드러냈다.

에코산업의 최강자라 불리는 에스메릴다 사의 등장에 기자들과 외신들의 셔터 스피드가 극에 달했다.

찰칵찰칵!

에스메릴다 미하엘이 자동차에 대해 설명했다.

—지금 보시는 이 자동차가 바로 전기복합자동차 엔젤릭입니다. 중형차임에도 불구하고 복합 연비 40㎞대의 엄청난 저력을 자랑합니다. 한 번 충전으로 약 150㎞ 운행이 가능하

지만 복합 연비로 주행했을 때엔 500㎞도 운행이 가능하죠. 만약 가솔린관으로만 운행했을 때에도 연비 20㎞를 낼 수 있습니다.

이번 모터쇼의 다크호스라고 불리던 엔젤릭이 선을 보이고 난 후, 가장 부담이 되는 순서가 돌아왔다.

―자, 그럼 다음 주자를 한번 만나볼까요?

이윽고 화수가 중형 세단 퍼펙트와 함께 모습을 드러냈다.

짝짝짝.

한국계 베트남 계열 회사에 신생인 이수 자동차에게 보내는 박수는 상당히 작고 볼품이 없었다.

하지만 화수는 그럴수록 더욱더 어깨에 힘을 주고 말을 이어나갔다.

"반갑습니다. 이수 자동차의 대표이사 강화수입니다."

그는 자동차에 있는 제원표는 보지도 않고 설명을 시작했다.

"현재 저희 이수 자동차에 대한 편견이 많은 것으로 압니다. 하지만 저는 개의치 않고 우리 차를 홍보하겠습니다."

화수가 자동차의 암막을 벗겨내자 날카로운 곡선의 퍼펙트가 그 위용을 드러냈다.

"기본 연비 60㎞에 복합 연비 80㎞의 중형 세단입니다. 전기차냐고요? 아닙니다. 그렇다고 수소발전을 하는 차도 아닙니다. 분사 방식을 개조하고 두 개의 심장을 추가한 신형 자동차지요."

순간, 기자들이 화수의 발언에 웅성거리기 시작했다.

"도대체 이 세상에 기본 연비 60㎞를 낼 수 있는 차가 어디에 있습니까?!"

화수는 고개를 가로저었다.

"어디 있긴요, 여기에 있지. 불가능이라는 단어를 버리십시오. 저희는 미국 산업안전청의 기준까지 가뿐히 통과한 회사입니다. 행여나 갖고 계실 불신 또한 버리시는 것이 좋고요."

기본적으로 콘셉트 카를 가지고 나올 수 없도록 한 이번 번외 모터쇼에는 미국 산업안전청의 기준을 적용해 사전 심사를 거치도록 했다.

그러니 거짓이나 눈속임은 아예 생각할 수도 없다는 것이 정설이다.

기자들은 방금 전 독일 계열 회사 에스메릴다보다 훨씬 더 빠른 손놀림으로 사진을 찍어댔다.

찰칵찰칵!

하지만 기자들은 끝까지 베트남 계열이라는 꼬리표를 잡고 늘어졌다.

"하이타 자동차는 지금까지 제대로 된 차를 선보인 적이 없습니다. 전신으로 그런 회사를 가진 이수 자동차가 온전히 성립될 수 있겠습니까?"

화수는 고개를 양쪽으로 크게 가로저었다.

"그건 편견입니다. 우리는 안전 기준에 적합한 차를 만들었고, 그 기술력은 세계 시장 어느 곳에 내놓아도 손색이 없을 정도입니다. 그런 편견이 있다면 일찌감치 버리시는 것이 좋습니다."

이윽고 프로모션이 끝났고, 화수는 퍼펙트와 함께 자리에서 내려올 수밖에 없었다.

덕분에 이목을 집중시키긴 했지만 당장 차량을 팔아먹을 수는 없을 것 같았다.

'역시 쉽지가 않군.'

지금 화수가 가진 가장 큰 숙제는 역시 편견을 깨는 것이었다.

* * *

2014년 서울모터쇼 특별 시즌이 끝나고 나면 이곳에 나온 자동차들은 사전 예약을 받아 주문 생산에 들어가도록 되어 있었다.

하지만 유난히도 이수 자동차의 사전 계약은 크게 떨어져 거의 밑바닥 수준이었다.

화수는 한국과 베트남 등지에 동시 출시될 네 개의 차종에 대한 영업 전략을 수립하기 위해 한국지부에 영업총괄팀을 구성했다.

현재 물류철도로 벌어들이는 수익의 절반가량이 이곳에 투자된다고 할 수 있을 정도로 많은 영업사원이 픽업되었다.

화수는 영업총괄이사를 겸임하겠다고 선언한 후 이곳에 잠시 동안 둥지를 틀기로 했다.

이수기업 5층 빌딩 지하에 마련된 영업총괄팀은 하이타 자동차가 망한 것에 대한 예시를 분석해서 타산지석으로 삼기로 했다.

영업1팀장 김명진은 하이타 자동차가 성공하지 못한 이유는 바로 광고 전략이 부족했기 때문이라고 지적했다.

"요즘은 연예인이나 유명인을 내세우는 이른바 '스타마케팅' 이 유행입니다. 아무리 스타마케팅이 많은 거품을 가지고 있다고는 하지만 그만큼 그 연예인이 가진 영향력과 이미지를 이용하는 것이 여러모로 도움이 많이 됩니다. 특정 연예인으로 상품과 기업이 뜬 사례도 있지요. 한국에서 사례를 찾자면 인터넷 포털인 N사를 들 수 있습니다."

"으음, 그렇다는 것은 우리도 연예인을 기용해야 한다는 소리인가요?"

"이슈를 만들면 좋습니다. 하지만 한국에서만 유명한 연예인이 이 자동차를 탄다고 베트남과 일본, 중국이 반응할지는 의문이군요."

화수는 5개국 동시 출시라는 아주 이례적인 전략을 펼쳤지만, 아무래도 일본과 중국은 영향력을 펼치기 힘들 것으로 보였다.

그렇다면 베트남과 한국, 미얀마 등이 그 대상이 될 텐데 그게 그리 쉬운 일이 아니었다.

"적어도 동북아를 아우르는 연예인이 모델로 기용되었으면 좋겠습니다만, 쉽지가 않을 것 같군요."

"스타마케팅이라……."

영업1팀장 김명진의 제안을 정면으로 반박하는 사람이 있었다. 그는 영업2팀을 맡고 있는 이영훈이었다.

"그러나 문제가 있습니다. 그렇게 인지도가 높은 연예인이 우리 같은 신생 회사를 거들떠나 보겠습니까?"

"돈 싫어하는 사람도 있습니까?"

"있지요. 당신이 최정상의 연예인이라면 아무 일이나 막 하겠습니까? 게다가 그 소속사가 미쳤다고 연예인을 그냥 내어주겠어요?"

"으음."

지금 화수에게 닥친 가장 큰 문제, 그것은 바로 베트남 기업이라는 딱지였다.

한국에선 베트남 경제에 대한 편견이 있기 때문에 메이드 인 베트남은 거의 거들떠보지도 않았다.

한데 그럼에도 불구하고 생명과 재산을 담보로 하는 자동차를 구매할 리가 없었다.

또한 그것을 광고해 줄 모델을 찾는 것 역시 역부족이었다.

그러던 중 영업3팀장인 강성식이 입을 열었다.

"그런 모든 편견을 한 번에 종식시킬 수 있는 좋은 방법이 있긴 하지요."

"뭡니까?"

"월드클래스급 스타를 기용해서 광고를 찍으면 됩니다."

"월드클래스요?"

"적어도 할리우드의 박스오피스나 빌보드차트에 오를 정도로 저명한 연예인이어야 하겠지요."

영업부 전원은 강성식의 얘기에 고개를 가로저었다.

"에이, 그런 말도 안 되는 얘기가 어디에 있습니까?"

"왜 없습니까? 한국의 의류 브랜드의 예를 모르십니까? 할리우드 스타가 직접 한국에서 팬 사인회를 하고 나서 명품 브랜드 반열에 오른 것을 말입니다."

한국에는 명품 브랜드가 없다는 편견을 깬 사건은 지금으로부터 약 10년 전에 일어났는데, 당시엔 상당히 파격적인 전략이었다.

할리우드 스타들에게 각가지 상품을 렌탈해 주고 무지막지한 돈을 퍼부어 브랜드 가치를 높였다.

그때의 패러다임에선 그저 된장녀들을 생산해 낼 '된장찌개 전략'이라는 지탄을 받았지만 의외로 그 여파는 무시무시했다.

단 한 달 만에 한국의 유명 브랜드로 자리매김하는 것으로도 모자라 한중일 삼국 1,500개 백화점에 입점하는 기염을 토해낸 것이다.

당시 브랜드 가치를 높이기 위해 들인 돈은 500억으로 추정되었는데, 지금은 한국 가방업계 1위가 되어 있다.

"우리나라에서 스타C스가 왜 성공했는지 아십니까? 바로 노블레스 전략입니다. 비싼 커피는 품질이 좋다는 생각을 강하게 심어주어 성공한 것이지요. 그걸 우리라고 못할 이유는 없지요. 전 개인적으로 우리 이수 자동차의 제품에 대한 프라이드를 가지고 있습니다. 세계 시장에서 성공하지 못할 이유가 없지요."

그의 주장을 2팀장이 정면으로 반박했다.

"그렇다고는 해도 도대체 무슨 수로 할리우드 스타를 기용한단 말입니까?"

"무슨 수를 내는 것이 영업부의 일입니다. 지금부터 그 방법을 강구해 봐야지요."

"허 참, 무슨 아닌 밤에 홍두깨도 아니고……."

가만히 상황을 지켜보고 있던 화수가 팀장들에게 말했다.

"혹시 지금 여러분이 말한 스타와 부합되는 인물을 내일까지 추려서 보고할 수 있겠습니까?"

"월드스타 말입니까?"

"예, 월드스타요. 적어도 미국까지 영향력을 미치는 사람이면 좋겠습니다.”

“그런 사람이야 많겠습니다만…….”

“특히나 동북아에서도 인기가 많아야 합니다. 더군다나 동남아까지 섭렵해야 할 것이고요.”

“으음, 알겠습니다. 한번 알아보지요.”

팀장들이 해산하고 회의는 끝났지만 영업부는 여전히 바쁘게 돌아가고 있었다.

* * *

다음 날, 화수는 각 팀장이 의견을 모아 추린 후보들의 프로필을 살펴보았다.

한 명은 영화배우, 또 한 명은 세계적인 팝스타였다.

“으음, 한 명은 아이돌 출신에 영화까지 찍은 젊은 피로군요?”

“네, 그렇습니다. 그녀에 대한 인지도는 전 세계적으로 높습니다. 찍은 영화도 대부분 가족 영화라서 인지도가 상당히 높고요.”

“그렇군요.”

화수는 팝스타 옆에 있는 영화배우를 바라보았다.

“이 사람은 누구입니까?”

“아역배우부터 지금까지 아주 차근차근 연기 내공을 쌓아온 사람입니다. 최근엔 천만 관객을 동원한 영화에 나왔지요."

"천만이라……."

한국에서 천만 관객을 동원했다는 것은 세계적으로 상당히 폭넓은 인지도를 가지고 있다는 소리와 같았다.

화수는 작게 고개를 끄덕였다.

"알겠습니다. 이들을 공략하기로 하지요."

팀장들은 고개를 갸웃거렸다.

"도대체 무슨 수로 이들을 공략하신다는 말씀입니까?"

그는 슬그머니 미소를 지었다.

"세상일이 그렇게 짜인 대로만 돌아가라는 법 있습니까? 한번 부딪쳐 보는 거지요."

"하, 하지만……."

"괜찮습니다. 제가 알아서 할 테니 팀장님들께선 광고가 나간 후 어떻게 대처해야 할지나 구상해 주십시오. 각종 제도를 개선하거나 특별 상품을 만드는 것은 잘되어가고 있겠지요?"

"물론입니다. 맡겨만 주십시오."

회사의 명운을 건 대대적인 프로젝트를 맡은 팀장들은 전의를 불태웠다.

"좋습니다. 그럼 저는 제 일에 집중하겠습니다."

"예, 사장님."

화수는 곧장 대전 판암동으로 향했다.

* * *

이수자원에서 운영하는 고물상에 도착한 화수는 오늘도 여전히 중장비를 다루고 있는 리처드를 찾아갔다.

그는 화수에게서 마도장비를 다루고 수리하는 법을 배우는 중이었다. 앞으로 기술이사 밑에서 일하면서 자신만의 영역을 넓혀가려는 것이다.

화수는 한창 집중하고 있는 그에게 말했다.

"열심히 하고 있군."

그는 마법용접기를 수리하고 있다가 화수를 보곤 화들짝 놀라 자리에서 일어선다.

"형님 오셨습니까? 기별도 없이 어쩐 일이십니까?"

화수는 근처에 있는 간이의자를 가져다 앉았다.

"우리 동네가 아니냐? 집 근처에 오는데 기별을 해야 하나?"

"하긴 그렇지요."

얼굴 여기저기에 마나코어 가루를 묻힌 리처드에게 화수가 물었다.

"이곳의 일은 적성에 맞나?"

"뭐, 그럭저럭 맞습니다. 기계 다루는 일이 재미있기도 하고요."

"그렇군."

화수는 일전에 그가 벌인 납치 사건에 대해 물었다.

"얘기는 들었다. 저번 하이타 자동차 인수 때 말이야."

"아, 그 얘기 말씀이십니까?"

"나에게 기별도 없이 그런 일을 벌였나? 앞으로 손에 피를 묻히지 말자고 했건만……."

그는 고개를 가로저었다.

"살인을 하는 것과 공작은 전혀 다른 문제입니다. 법보다 빠른 것은 주먹이니까요."

"으음, 꼭 그런 것만은 아니야."

화수는 그의 곁으로 조금 더 가까이 다가가 말했다.

"때론 누군가를 자신의 편으로 만들기 위해 최선을 다해야 하는 경우도 있어. 우리의 경우를 봐. 만약 내가 너에게 그저 폭력만 휘두르는 사람이었다면 어땠을지 말이야."

그는 그제야 이해했다는 듯이 고개를 끄덕였다.

"하긴 그건 폭군의 이름만 바뀌었을 뿐 치세는 같은 이치가 되겠군요."

"그래, 그런 이치라고 할 수 있지."

화수는 그에게 합법적인 일 처리에 대해 설명했다.

"앞으로는 먼저 누군가를 설득하고 그에게 필요한 무언가를 충족시켜 일을 하자고. 만약 주먹을 쓰지 않으면 안 될 상황이 온다면 그땐 참지 말고 터뜨려도 좋아."

"알겠습니다."

그는 리처드에게 한 장의 사진을 건넸다.

"이 사람을 알고 있나?"

"가수 아닙니까?"

"네가 알 정도면 정말로 인지도가 높은 모양이군."

평소 연예인에 대해 잘 모르는 리처드가 그녀를 알 정도라면 인지도가 상당히 높다고 할 수 있다.

"지금부터 너와 내가 이 사람을 우리 편으로 만들 거야. 그럼 어떻게 해야 할 것 같은가?"

"으음, 먼저 기획사에 접근해야겠지요."

"그래, 그렇게 접근해서 일을 시작하는 것이다. 앞으로 나와 너는 이런 식으로 일할 것이야. 알겠지?"

"예, 형님."

이윽고 자리에서 일어선 화수는 명함을 한 장 건넸다.

"내일 이 사람을 함께 만나러 가자. 서울에서 광고기획사를 크게 하고 있대. 도움을 받을 수도 있을 것 같아."

"예, 알겠습니다."

그는 어지럽게 널브러져 있는 장비들을 주섬주섬 주우며 말했다.

"얼추 다 했으면 밥이나 먹으러 가지. 듣자 하니 로이드도 한국에 왔다고 하던데."

"예, 지금 집에 있습니다."

"오늘은 모두 함께 저녁을 먹자고."

"좋지요."

두 사람은 로이드를 불러내 가오동 술집으로 향했다.

4장

삼고초려

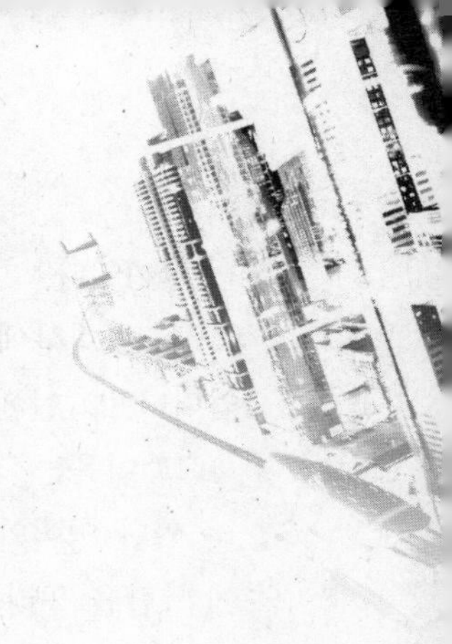

대전 가오동의 한 고깃집.

화수는 처음 보는 베트남 여자를 바라보며 고개를 갸웃거렸다.

"누구?"

"일전에 제가 말씀드린 비서입니다. 앞으로 형님께서 어떻게 쓰실지 결정해 달라고 확정 받기 위해 데리고 나왔습니다."

로이드는 일전에 화수에게 회사를 키우는 데 필요한 가장 중요한 요소에 대해 말한 적이 있었다.

그것은 바로 정보력과 공작력을 갖춘 비밀 부서를 창설하는 일이었다.

"어떤 회사에나 로비나 정보를 담당하는 부서가 있게 마련입니다. 그 일에 이 사람이 가장 적합하다고 생각합니다."

"그 이유는?"

"일단 영어와 한국어, 베트남어가 다 되기 때문이죠. 거기에 사람을 홀리는 재주까지 있습니다. 이보다 더 잘 어울리는 적임자는 없다고 생각합니다."

화수는 조금은 어려 보이지만 풍기는 분위기가 심상치 않은 그녀에게 물었다.

"당신은 어떻게 생각합니까?"

그녀는 아주 차분하게 말했다.

"여자는 천 가지 얼굴을 가졌다고 하지요. 기본적으론 제가 이 일에 가장 적합하다고 생각해요."

베트남 사람이지만 그녀는 상당히 이국적이고도 동양적인 얼굴을 가졌기 때문에 외국인이나 아시아 사람에게나 모두 인기가 있을 것 같았다.

"지금까진 배운 것을 활용하지 못해서 이러고 있었지만, 앞으론 조금 더 가치 있는 일에 저의 재능이 쓰였으면 좋겠어요. 물론 지금까지 뒷골목에서 배운 것들도 쓸모 있는 곳에 쓰이겠지요."

화수는 흔쾌히 고개를 끄덕였다.

"좋습니다. 그럼 당신을 정보부의 첫 사원으로 임명하겠습니다. 그리고 그곳엔 로이드와 리처드도 속하겠지요."

리처드는 다시 말을 이었다.

"저희 말고 또 다른 사람이 있습니다."

이윽고 고깃집으로 마오가 들어섰다.

"보스, 오랜만입니다!"

"마오?"

"이번에 제가 베트남에서 불러 올렸습니다. 형님께서 정식으로 거두어 주셨으면 해서 말입니다."

마오 역시 뒷골목 생리에 대해선 빠삭하기 때문에 공작을 위한 사람으로선 아주 적격이라고 할 수 있었다.

"그래, 안 될 것 없지."

"감사합니다!"

화수는 마오까지 모인 정보부에게 첫 임무를 주었다.

"이 사람에 대해 조사하고 접근할 수 있는 모든 루트를 알아봐. 시간은 일주일이다."

"예, 알겠습니다."

"그리고 그녀에 대한 약점을 알아낸다면 즉시 보고하도록."

"예, 보스."

화수는 술잔을 높이 들었다.

"앞으로는 우리 회사에 직접 출근하거나 마음에 드는 쪽에서 일하면서 각자의 역량을 키우면서 살아가도록."

"명심하겠습니다."

"건승을 위해!"

"건배!"

일동은 단숨에 잔을 비웠다.

* * *

서울 서초구의 한 광고기획사.

화수는 지인의 소개로 이곳의 사장으로 일하고 있는 김명석이라는 사람을 만날 수 있었다.

그는 화수가 제안한 광고 카피를 바라보며 고개를 가로저었다.

"안젤리나라……. 쉽지 않겠는데요?"

리처드는 그의 대답이 영 떨떠름한 모양이었다.

"이 세상에 돈 싫어하는 사람도 있습니까? 돈은 원하는 만큼 준다고 하지 않습니까?"

"지금 이게 돈으로 끝날 문제가 아니라서 드리는 말씀이지요. 안젤리나 같은 사람은 돈 때문에 움직이지 않아요. 가만히 앉아 있어도 음원 수익이 짭짤한데 돈 때문에 움직이겠어요?"

"으음."

이번엔 화수가 그에게 물었다.

"그럼 아예 방법이 없는 겁니까?"

김명석은 아주 난감하다는 듯이 답했다.

"뭐, 그렇다고 봐야죠. 워낙에 광고를 안 찍는 안젤리나기도 하고 그런 거물은 한국 기획사에선 좀처럼 섭외하기가 쉽지 않아요."

화수는 이내 자리에서 일어섰다.

"알겠습니다. 그럼 저희는 이만……."

자리에서 일어서려는 화수에게 리처드가 당황스럽다는 듯이 물었다.

"형님, 그냥 돌아가십니까? 아무런 수익도 없는데?"

"어쩔 수 없지. 다른 방법을 찾아보는 수밖에."

"후우."

축 처진 그의 어깨를 두드리자 리처드도 어쩔 수 없다는 듯이 자리에서 일어섰다.

"별수 없지요."

그러면서 그는 살기 가득한 눈으로 김명석을 바라보았다.

"…몸조심하면서 살아요. 특히나 기억자로 꺾어지는 곳은 피하고요."

"그, 그게 무슨……?"

"궁금하면 지금 내가 알려줄 수도 있고."

화수는 쓴웃음을 지으며 그를 만류했다.

"그만 가자. 누나가 기다리겠어."

"네, 형님."

돌아서는 순간까지 그는 자신의 두 눈이 감시할 것이라고 암시했다.

그러자 김명석이 마른침을 삼켰다.

"잘못하면 사람도 죽이겠네."

때론 사람의 감이 아주 잘 맞을 때도 있다.

아마 그가 리처드의 과거에 대해서 듣는다면 까무러치고도 남을 것이 틀림없었다.

* * *

다음 날, 로이드는 자신이 영국에서 고아원 생활을 하던 시절에 알고 지내던 정보장사꾼 맥스를 화수에게 소개시켜 주었다.

그는 항공기장으로 일하면서 그와 동시에 정보장사꾼으로 살아가고 있었다. 원래 운송업에 종사하는 사람들의 정보력이 좋다는 것과 일맥상통하는 이치였다.

무려 왕립항공사관학교를 나와서 정보장사꾼이나 하는 사람이 어디에 있느냐고 말하는 사람도 있지만, 그것은 그를 몰라서 하는 소리다.

그는 상위 1%만 찾는 최고급 정보만 취급하는 VIP 전용 정보장사꾼으로, 한 해에 벌어들이는 돈만 수백억 파운드에 이르렀다.

일반적인 사람은 그의 진가를 알아볼 수도 없고 만나서 제대로 얘기도 나누어볼 수 없는 거물인 셈이다.

화수가 그를 만나볼 수 있는 것은 역시 로이드와 리처드의 인연이 아니었다면 불가능했을 것이다.

리처드는 언젠가 그를 위해 사람을 한 명 암살해 준 적이 있었다. 덕분에 그는 가족과 함께 목숨을 건질 수 있었다고 했다.

그때의 빚이 남아 있기에 그는 일부러 화수를 보러 대전까지 내려온 것이다.

그는 워낙 호쾌한 성격으로 아주 기분이 좋은 상태로 화수와의 술자리에 참석했다.

"반갑습니다. 맥스입니다."

"강화수라고 합니다."

그는 2미터가 넘는 엄청난 체구에 마치 거인을 보는 것 같은 착각이 드는 사람이었다.

맥스의 거대한 손을 잡은 화수가 악수를 하고 나자 로이드는 곧바로 본론으로 넘어갔다.

"어차피 자네도 시간이 없을 테니 용건부터 말하지. 술은 그다음에 마시자고."

그는 고개를 가로저었다.

"거참, 성질 한번 급한 친구네. 어떻게 넌 예나 지금이나

성질 급한 것은 변하지가 않지?"

로이드는 실소를 흘렸다.

"그 덕분에 너와 내가 목숨을 건진 적이 몇 번이지?"

"그거야……."

지금의 정보장사꾼으로 성장하기 위해 그가 거쳐 온 길은 상당히 험난했다. 그때마다 로이드와 리처드가 조금씩 도움을 주었다.

그중에는 목숨이 걸린 중요한 일도 몇 번 있었다.

그 때문에 그는 두 사람을 생명의 은인이라고 생각하며 무슨 일이든 기꺼이 도와주려 하는 것이다.

"아무튼 내 말대로 하자고."

"그래, 알겠어."

맥스는 로이드가 건넨 사진을 바라보곤 고개를 갸웃거렸다.

"안젤리나? 이 사람은 팝스타가 아닌가?"

"그래, 맞아. 팝스타 안젤리나지."

그는 로이드가 무슨 말을 하려는 것인지 이미 다 알고 있는 듯했다.

"으음, 안젤리나라……. 상당히 난이도가 높군."

"어때? 알아봐 줄 수 있겠어?"

"어떤 용도로 사용할 것인가에 따라 다르지."

화수는 그의 말에 아주 짧게 답했다.

"삼고초려입니다."

"삼고초려?"

"그 옛날 유비가 명사 제갈량을 얻기 위해 세 번 초가삼간을 찾아가 무릎을 꿇었다는 얘기지요."

맥스는 에둘러 하는 화수의 말에 그들이 지금 어떤 상황에 놓여 있는지 금방 이해하는 듯했다.

"그러니까 이 여자에 대해 조사해서 자신의 사람으로 만들겠다는 얘기인데……."

"내 사람으로 만드는 것까진 바라지 않고 광고라도 한 번 찍었으면 하는 것이지요. 그러자면 몇 번 안면을 트는 것이 중요한데 제가 연줄이 없어서 말이죠."

"으음, 그렇단 말이죠?"

맥스는 화수에게 명함을 한 장 건넸다.

"이 사람을 한번 만나보십시오. 안젤리나가 일하는 소속사의 오너입니다. 언젠가 저에게 빚을 졌으니 제 이름을 대고 만나자면 아마 미팅을 주선해 줄지도 모르겠지요."

"감사합니다."

이윽고 자리에서 일어서려는 맥스에게 로이드가 재빨리 말했다.

"어이, 어디 가?"

"어디 가냐니? 일은 이미 끝난 것 아니야?"

그는 고개를 가로저었다.

"에이, 그게 아니지. 안젤리나에게 대해서 알아봐 주고 가야 하는 것 아니야? 우리끼리 한 약속도 있고 말이야."

맥스는 상당히 떨떠름하게 웃었다.

"그, 그게 그런 말이었나?"

"당연하지."

로이드의 생떼에 그는 두 손 두 발 다 들었다는 듯이 웃는다.

"그래, 알겠어. 어차피 한국에 머무는 김에 그녀에 대해 한 번 알아봐 주지. 하지만 앞으로 더 이상의 공짜 정보 제공은 없어. 알지?"

"물론."

그는 자리에 앉아 술잔을 들었다.

"어차피 이렇게 만난 김에 술이나 한잔하자고. 어때?"

"좋지!"

세 사람은 단숨에 술잔을 넘겼다.

*　　*　　*

늦은 오후, 화수는 미국 공연업계의 초신성으로 불리는 마이클을 만날 수 있었다.

그는 극비리에 한국으로 입국해 안젤리나를 요양시키고, 특별히 맥스의 얼굴을 봐서 화수를 만나는 것이라고 했다.

마이클의 가장 큰 장점이라면 웃음이 많고 상대방을 아주 잘 배려한다는 것이었다.

하지만 변수는 그 얼굴 뒤엔 치밀한 계산이 깔려 있다는 것이다.

그는 화수를 만나자마자 미소를 띠며 악수를 건넸다.

"반가워요. 마이클이라고 합니다."

"강화수입니다."

마이클은 카페 의자에 몸을 깊숙이 파묻으며 물었다.

"그래, 나를 찾아온 이유가 뭐죠?"

"영화를 제작한다고 들었습니다."

순간, 그는 보이지 않게 눈썹을 꿈틀거렸다.

"어떻게 아셨죠?"

"다 아는 수가 있지요."

"으음."

화수는 그를 불러내면서 맥스의 핑계를 댔지만, 사실 그가 영화를 준비한다는 사실을 이미 간파하고 있었다.

"영화 제작비에 차가 차지하는 비중이 꽤나 크다고 들었습니다."

"그렇지요."

"그 비중, 제가 다 떠안고 싶어서 찾아온 겁니다."

요즘 마이클은 초대형 블록버스터를 제작하기 위해 자신이 가동 가능한 모든 현금을 동원해 영화를 촬영하고 있었다.

그 탓에 매일 재정난에 허덕이고 있었고, 안젤리나는 이 사실을 까마득히 모르고 있었다.

화수는 그 부분을 이용해 그녀와의 연결고리를 만들어내려는 것이었다.

"제가 운영하고 있는 회사입니다. 영화에 등장하는 자동차를 우리가 모두 조달하겠습니다. 새 차, 중고차 할 것 없이 원하는 차종으로 다 가능합니다."

"으음, 좋은데요?"

중고차를 재생시켜 파는 화수에게 영화에 필요한 차량쯤 동원하는 일은 그렇게 어려운 일이 아니다.

하지만 이 모든 것을 해주는 것에는 대가가 따른다는 사실을 익히 잘 알고 있는 마이클이기에 그를 조금 경계하는 듯한 눈치를 보인다.

"그럼 나는 뭘 해주면 되죠?"

즉각적으로 본론으로 넘어가는 것을 보니 화수의 제안이 그리 싫지 않은 모양이다.

"안젤리나 씨와 함께 광고를 찍고 싶습니다."

"광고요?"

"그녀와 광고를 찍을 수만 있다면 개런티는 물론이고 차량 가액을 모두 공짜로 해드리지요."

그가 촬영하려는 영화는 세트를 제작하고 소품을 만드는 데만 엄청난 돈이 드는 공포 SF 영화다.

아무리 그가 공연계의 초신성이라곤 해도 현금을 동원하는 데는 한계가 있을 것이다.

그것을 안젤리나 없이 혼자서 해낸다는 것은 거의 불가능에 가까운 일이다.

"으음, 원래 우리 안젤리나는 광고를 안 찍기로 유명한데요. 모르셨습니까?"

"알고 있지요."

"알고 있는데 저에게 이런 제안을 한단 말입니까?"

"당신이 아니면 절대로 불가능한 일이니까요."

"흐음."

연신 깊은 한숨을 내쉬는 그에게 화수가 말했다.

"이것이 성사만 된다면 당신이나 나나 좋은 일 아닙니까?"

"뭐, 그렇긴 하지만 말이죠."

"안 된다면 공짜로 차를 좀 드릴 수도 있으니 말이라도 한번 건네 보는 건 어떠십니까?"

"자동차를 말입니까?"

"네, 그렇습니다."

화수의 입장에서야 다리를 놓는 데 얼마가 들어도 상관이 없다. 그는 중고차를 조금이라도 더 얻으면 이득이다.

"알겠습니다. 하지만 일이 성사될지는 장담할 수 없습니다."

"그건 저 역시 예상하고 있는 일입니다."

"좋아요. 숙소로 돌아가면 한번 설득해 보겠습니다."

"고맙습니다."

상대방이 무엇을 원하는지 알고 있다면 역시 일이 쉽게 풀리는 법이다.

화수는 그의 언변에 일말의 기대를 걸어보았다.

*　　　*　　　*

미국의 팝스타 안젤리나 카린슨은 영화와 가요계를 평정한 아이돌 출신 스타로 미국은 물론이고 동북아와 동남아까지 진출한 세계적인 스타다.

그녀는 요즘 세계 투어를 하면서 자신만의 저력을 유감없이 펼치고 있었다.

거기다 얼마 전 찍은 영화까지 대박이 나는 바람에 눈코 뜰 새 없이 바쁜 나날을 보내고 있었다.

어느 날 소속사 사장 마이클이 비밀스러운 제안을 했다.

"미팅? 그것도 한국에서?"

"그냥 만나서 차만 마시면 된대. 한 번쯤 만나보는 건 어떨까?"

"참 별일이네. 당신이 나에게 그런 부탁을 다 하다니……."

"하하, 부탁 좀 할게."

안젤리나는 극비리에 한국에 입국해서 피곤한 몸을 추스르고 일본으로 향할 예정이었다.

그럼에도 불구하고 미팅을 주선하다니 불만이 머리끝까지

차올랐다.

하지만 워낙 그녀에 대해 잘 아는 소속사 사장이니 어쩔 수 없이 미팅에 대해 긍정적으로 생각하기로 했다.

"무슨 미팅인데? 공연?"

"아니, 광고."

순간, 그녀는 고개를 갸우뚱했다.

"광고? 내가 광고를 찍는다고?"

"찍는다고 수락한 적은 없어. 네가 봐서 좋으면 찍는 거지."

그녀는 단숨에 고개를 가로저었다.

"그럼 싫어. 안 할래."

"뭐, 뭐라고?"

"어차피 광고야 거기서 거기인데 굳이 왜 한국까지 와서 찍어? 그냥 시간 없다고 대충 둘러대."

"그, 그건……."

"왜? 또 무슨 일 있어?"

"이미 약속을 잡아놓아서 말이야……."

"뭐, 뭐야?!"

미국 공연업계의 대부라고 알려져 있지만, 사실 마이클은 안젤리나와 함께 길거리 생활을 하던 로드매니저였다.

그는 무일푼으로 데뷔한 그녀를 지금까지 키워낸 성실한 사람이지만 워낙 추진력이 좋아 탈이었다.

"내 얼굴을 봐서 차나 한 잔 마셔줘. 응?"

가끔은 그녀를 이용해서 회사를 키울 궁리를 하지만, 그것 역시 그녀를 위한 일의 일환이라 안젤리나는 화를 낼 수 없었다.

"이번엔 또 무슨 계약을 했는데?"

"우리 영화에 차량을 무료로 대주기로 했어. 어때? 해줄 수 있겠어?"

"…한번 생각 좀 해보고."

"하하, 그럼 하는 거지? 그렇지?"

"그냥 미팅만 한다고."

"알겠어, 알겠어!"

그가 뛸 듯이 기뻐하자 안젤리나는 슬며시 미소를 지었다.

"저렇게 좋을까?"

가끔은 철없이 굴 때도 있지만 안젤리나는 저런 매니저가 싫지 않았다.

"마이클! 나 커피!"

"알겠어!"

그는 재빨리 그녀의 커피를 공수하기 위해 스타C스로 향했다.

*　　*　　*

늦은 밤, 화수의 차가 양평의 한 별장으로 향했다.

차를 몰고 가는 내내 그는 조금 긴장된 모습을 하고 있었다.

"후우, 연예인이라……. 그것도 슈퍼스타는 처음이군."

태어나 처음으로 안젤리나의 실물을 볼 생각에 마음이 조금 들떠 있었다.

하지만 막상 그녀를 앞에 두고 말할 때엔 집중력을 잃지 않을 것이다.

그 어떤 상황에서도 집중력을 잃지 않는 것이야말로 마도학자의 가장 기본적인 소양이기 때문이다.

이윽고 그의 내비게이션이 목적지 부근에 도착했다고 알린다.

[목적지 부근입니다.]

차에서 내린 화수는 약 250평 규모의 거대한 별장을 바라보았다.

"크구나. 역시 월드클래스는 뭐가 달라도 다른 모양이군."

엄청난 크기의 별장이지만 불이 켜진 곳이 한 곳도 없었다.

그녀는 밀회를 즐길 때엔 지하에서 그 어떤 누구의 방해도 받지 않으면서 푹 쉬는 스타일이라고 했다.

아마도 지금 역시 방에 불이 켜져 있지 않는 것을 보니 이곳으로 휴양 온 것이 맞긴 맞는 모양이었다.

그는 조심스럽게 별장의 초인종을 눌렀다.

딩동!

—누구시죠?

“강화수입니다. 오늘 미팅을 하기로 했는데, 조금 늦었지요?”

—아니요. 괜찮습니다. 들어오세요.

조금 딱딱한 여성의 말이 들리고, 화수는 그녀가 열어준 문을 통해 별장 안으로 들어갈 수 있었다.

끼이익.

상당히 큰 별장이지만 출입문이 별로 없다는 것이 특징이었다.

그는 건물을 볼 때 출구와 비상구를 확인하는 습관이 있는데, 한눈에 보기에도 앞쪽엔 문이 하나밖에 없는 것 같았다.

“뒤에 비상구가 있나?”

그 밖에는 특별한 것이 없는 호화 별장이기에 화수는 대수롭지 않게 지하로 향했다.

거대한 주방과 거실을 지나 지하실로 내려가자 또 하나의 문이 나온다.

—혼자서 오신 것 맞죠?

“물론입니다.”

—그곳에 소지품을 모두 내려놓고 와주세요.

화수는 자신의 주머니에 있는 핸드폰과 자동차 스마트키를 꺼내어 문 앞에 있는 바구니에 가지런히 놓았다.

"됐습니까?"

—확실히 아무것도 없는 것 맞죠?

"네, 그렇습니다."

상당히 깐깐한 그녀의 명령에 따라 소지품을 모두 비운 화수는 그제야 지하실로 들어설 수 있었다.

지이잉!

특이하게도 지하실 문은 자동문으로 되어 있는데, 척 보기에도 상당히 두꺼운 철판이 겹겹이 덧대어져 있는 것 같았다.

그녀가 이렇게 보안에 신경을 쓰는 것은 아마도 자신의 인지도가 세계 최고이기 때문일 것이다.

스캔들과 파파라치에 민감한 직업군인 그녀는 사람과의 만남을 극도로 꺼린다고 했다.

아마도 이번 미팅도 마이클이 다리를 놓지 않았다면 절대로 성사될 수 없었을 것이다.

이윽고 화수는 환하게 불이 켜진 지하실 마지막 층으로 진입했다.

그곳에는 두 명의 여비서와 그녀의 매니저 마이클이 먼저 화수를 맞이할 준비를 하고 있었다.

"어서 오세요. 오는 길이 힘들지는 않으셨습니까?"

"괜찮습니다."

화수가 외투를 벗어 비서들에게 건네자 마이클이 화수를 조금 더 깊숙한 곳으로 안내했다.

"지금 그녀는 족욕을 하고 있어서 움직일 수가 없습니다. 이쪽으로 오시죠."

족욕이 피로와 스트레스에 좋다는 것은 이미 입증된 바, 화수는 그러려니 하고 걸음을 옮겼다.

잠시 후, 족욕기에 발을 담근 안젤리나가 화수를 맞이했다.

"안녕하세요? 강화수 씨인가요?"

"예, 그렇습니다."

"반가워요."

그녀는 흰색 목욕가운을 입고 있었다.

"제가 원래 쉬는 날엔 화려하게 입지 않아요. 맨얼굴에 샤워가운이라서 죄송하지만, 이해 좀 해주세요."

"아닙니다. 괜찮습니다. 쉬는 날에 방해한 제가 오히려 실례지요."

상당히 방어적이라고 알려진 그녀의 성격과는 반대로 안젤리나는 화수에게 상당히 관대한 모습을 보였다.

"적당한 곳에 앉으세요. 음료는 무엇으로 드릴까요?"

"물이 좋겠군요. 주시면 감사하겠습니다."

"알겠어요."

족욕기에서 발을 뺀 그녀는 슬리퍼를 신고 냉장고로 걸어가 얼음이 든 물잔을 꺼내왔다.

거기에 레몬과 라임 이파리를 얹어서 살짝 모히또 느낌이 나게끔 한 그녀가 화수에게 잔을 건넸다.

"드세요."

"감사합니다."

물을 한 모금 머금자 그녀가 화수에게 슬슬 본론을 꺼냈다.

"그래, 저에게 하고 싶은 말이 있다고요?"

"예, 그렇습니다."

화수는 품속에 갈무리하고 온 파일을 꺼내어 그녀에게 건넸다.

"저는 이런 회사에 다니는 사람입니다. 그리고 이런 물건을 만들고 있지요."

이수 자동차에 대한 설명과 제품의 카탈로그를 읽어본 그녀가 작게 고개를 끄덕인다.

"아하, 자동차 회사 오너시군요."

"네, 그렇습니다."

"그런데 자동차 회사에서 저는 왜……?"

"안젤리나 씨가 저희 회사의 전속모델이 되어주셨으면 해서 찾아왔습니다."

"제가 모델을요?"

"예, 그렇습니다."

그녀는 단박에 고개를 가로저었다.

"저는 모델을 하지 않아요. 제 매니저에게 듣지 못했나요?"

안젤리나의 시선이 마이클을 향하자 그는 애써 시선을 외면했다.
"그, 그게 그러니까……."
"쩔쩔매는 폼이 또 일을 저질렀구나?"
"저지른 것은 아니고……."
이것은 순전히 마이클이 자신의 영화를 위해 벌인 일이기에 그녀에겐 명백한 실수가 될 수도 있었다.
하지만 그녀는 결코 화를 내지 않았다.
"후……. 그래, 알겠어. 일단 말을 꺼냈으니 대답은 해야겠네."
그녀는 화수를 바라보며 아주 정중히 고개를 숙인다.
"죄송하지만 저는 광고를 찍지 않아요. 사장님의 회사가 어떤지는 제가 잘 모르겠지만 저는 CF를 찍지 않는 철칙을 가지고 있어요."
"철칙이라……. 특별한 이유라도 있나요? 실례가 되지 않는다면 한번 들어보고 싶습니다만."
안젤리나는 아주 어색하게 입꼬리를 올렸다.
"미안하지만 아주 개인적인 사정 때문이라고밖에 말씀을 못 드리겠네요."
화수는 순간 그녀의 표정에서 거부감과 함께 뭔가 형용할 수 없는 트라우마 같은 것을 느낄 수 있었다.
이것은 육감이 극도로 발달한 마도학자들이 가진 직업병이었다. 그 사람의 표정을 보면 그 안에 숨어 있는 사연이 어렴풋이 보일 때가 있었다.

그래서 어지간한 도박사들과 겨루어도 절대 지지 않는 것이다.

그는 여기서 더 묻는 것은 그녀에게 실례가 될 수 있다는 사실을 깨달았다.

"좋습니다. 그럼 오늘은 이만 돌아가겠습니다."

"그래요. 잘 생각하셨어요."

"하지만 제가 드린 제안은 아직 유효합니다. 그러니 한 번만 더 생각해 주십시오."

그녀는 아주 작게 고개를 끄덕였다.

"알겠어요. 당신의 마음은 아주 잘 알았으니 이만 돌아가 주세요."

"네, 그럼……."

조금 싱겁게 교섭이 끝나는 것 같았지만, 화수는 급작스러운 접근은 좋지 않다는 사실을 익히 알고 있었다.

이윽고 돌아서려던 그는 문득 그녀가 사용하고 있는 족욕기를 바라보며 물었다.

"그런데 그 족욕기, 게르마늄은 나옵니까?"

그녀는 고개를 끄덕였다.

"나오겠죠?"

그는 갑자기 생각났다는 듯 말했다.

"여기서 조금만 기다리십시오."

갑자기 밖으로 달려나가는 화수를 바라보며 두 사람은 고개를 갸웃거렸다.

"뭐지?"

잠시 후, 화수는 네모난 박스에 든 마나족욕기를 내밀었다.

"이걸 약하게 틀어서 한번 사용해 보십시오. 피로를 푸는 데 아주 좋을 겁니다."

그녀는 대충 고개를 끄덕였다.

"그래요. 고마워요. 그럼……."

화수가 그녀에게 준 것은 마나용광로의 초기 모델로 마나코어를 담금질하기 위해 만든 물건이다.

마나코어를 충전시키기 위해 휴대하고 다니는 물건인데 사람에게도 효과가 있었다.

몸속의 노폐물을 빼내고 피로를 풀어주는 데 아주 특별한 효능을 보이게 될 것이다.

이것에 그녀의 마음을 돌릴 것이라곤 생각하지 않지만, 아마도 그를 각인시키는 데엔 큰 도움이 될 것이 틀림없었다.

화수는 이내 돌아서서 대전으로 향했다.

5장

그녀의 사정

이른 새벽, 대전으로 내려온 화수에게 두 명의 동생이 찾아왔다.

"어떻게 되었습니까?"

화수는 고개를 가로저었다.

"실패했어."

"싫다고 합니까?"

"아니, 싫다기보다는 찍을 수 없는 이유 같은 것이 있나 봐."

"이유요?"

"자세히는 모르겠지만 아주 개인적인 사정이 있는 것 같

아. 아무래도 그녀와 조금 더 시간을 두고 만나야 할 것 같아."

"하지만 그녀는 이제 곧 일본으로 투어를 떠납니다."

화수는 당연하다는 듯이 답했다.

"따라가야지."

"그녀를 따라가서 억지로라도 만나겠다는 말씀이십니까?"

"우연을 가장하든 다른 수를 내서라도 만나야지."

리처드는 고개를 갸웃거렸다.

"하지만 그녀와 만난다고 해도 마음을 돌릴 수 있는 결정적인 것이 없다면 무슨 소용입니까?"

"으음, 하긴 그 부분이 가장 큰 문제이긴 하지만 일단 계속 안면을 트는 일이 중요해."

화수는 자신을 그녀에게 연결시켜 준 로이드에게 물었다.

"그나저나 그녀에 대한 정보는 어떻게 되었어? 수집하는 중이야?"

"예, 그렇습니다. 그런데 조금 특이한 점이 있습니다."

"특이한 점?"

"이건 아주 고급 정보입니다만, 그녀가 미국의 마피아 제노베세와 무슨 연관이 있는 모양입니다."

"마피아? 팝 가수가 웬 마피아?"

"그러게 말입니다. 지금 맥스가 마피아와 그녀의 관계에 대해서 수소문하고 있으니 조금 더 있으면 정체가 드러나겠지요."

"그렇군."

로이드는 화수에게 그녀와 친해질 수 있는 방법에 대해 설명했다.

"우선 그녀와 인간적으로 친해지는 것이 중요합니다. 그래야 결정적인 순간에 힘을 발휘할 수 있으니까요."

"인간적으로?"

"이런 것 말입니다."

그는 화수에게 아쿠아리움 티켓을 건넸다.

"이게 뭐야?"

"듣자 하니 일본에는 세계에서 두 번째로 큰 수족관이 있다고 들었습니다. 함께 다녀오십시오."

화수가 그의 제안에 실소를 흘렸다.

"하하, 내가 무슨 수로 세계적인 팝스타와 수족관엘 다녀와?"

화수가 표를 고사하자 로이드가 고개를 가로저었다.

"일단 가지고 계십시오. 아마도 언젠가는 도움이 될 날이 올 겁니다. 꼭 그녀가 아니더라도 말이죠."

일단 그는 로이드가 준 표를 갈무리했다.

"그래, 고맙다."

화수는 로이드가 무슨 일로 수족관 티켓을 다 주나 싶지만 동생이 주는 것이니 일단 받고 보았다.

*　*　*

사람은 누군가에게 무언가를 받고 나면 그 기억이 각인되곤 한다.

그녀는 화수가 준 특별한 족욕기를 바라보고 있었다.

"희한한 기계란 말이지."

안젤리나가 그를 잊지 못하는 것은 이 족욕기의 효능이 너무나 뛰어났기 때문이다.

같은 족욕기 같지만 피로를 풀어주고 피부 미백 기능이 다른 기계에 비해 월등히 높았다.

공연을 한차례 하고 나면 며칠을 앓아누울 정도로 열정적인 에너지를 쏟아내는 그녀는 족욕기를 매일 달고 살다시피 했다.

이렇게 하지 않으면 도저히 몸이 버텨낼 수가 없기 때문이다.

그런데 이 족욕기는 신기하게도 대기실에서 단 몇 분을 쓰는 것만으로도 충분히 피로를 풀어주었다.

그러니 이 족욕기를 더욱더 찾게 되고, 족욕을 할 때마다 화수가 생각나는 것이다.

그는 자신의 곁에 앉아 스케줄을 조율하고 있는 마이클에게 물었다.

"강화수라는 사람 있잖아. 어떤 사람이야?"

"강화수 씨? 사업가지."

"그 밖엔?"

마이클은 주변에서 들려오는 화수에 대한 소식을 그녀에게 전해주었다.

"듣기론 꽤나 실력 있는 개발자라고 하던데?"

"개발자?"

"중고 기차를 수입해서 새것처럼 개조해 한국에 물류철도를 만들었대. 지금 무려 50개의 크고 작은 정류장을 만들었다고 하더라고."

"으음, 그래?"

그녀는 그가 만든 족욕기를 바라보며 말했다.

"어쩐지 이 물건이 심상치 않게 느껴지긴 했어."

마이클은 살며시 고개를 갸웃거렸다.

"별일이네. 네가 다른 사람에게 신경을 다 쓰고 말이야."

"신경을 쓴다기보다는 뭐……."

그의 첫인상이 그다지 나쁘지 않은 것도 한몫했지만 확실히 이 족욕기는 충분한 매력을 갖고 있었다.

* * *

안젤리나는 통기타 하나로 전 세계를 울린 싱어송라이터

이다. 중학교에 진학하는 순간부터 두각을 드러내기 시작했다.

열여덟 살이 되던 무렵엔 그녀가 작사, 작곡한 노래가 빌보드 차트에서 1위를 기록하는 기염을 토해냈다.

그리고 그 여세를 몰아 1년에 한 번씩 빌보드 차트 1위나 상위권에 랭크되는 노래를 뽑아냈다.

1년에 한 곡씩 써서 단일 타이틀을 내지만 그때마다 초대박이 나니 회사의 입장에선 음원 장사가 무척이나 짭짤했다.

덕분에 그녀 역시 엄청난 재산을 축적했고, 매달 어린이 단체와 환경 단체에 상당한 액수를 기부했다.

이번 세계 투어 역시 결식아동을 돕기 위한 자선 콘서트로, 그녀에게 돌아오는 수익금은 대부분 기금과 이벤트 준비 자금으로 사용되었다.

한마디로 그녀는 지금 전 세계를 돌면서 봉사활동을 하고 있는 것이다.

일본 사이타마 아레나에서 열리는 안젤리나의 콘서트에는 5만 명이라는 대관중이 모여들 예정이고, 그녀는 철통같은 보안 속에 대기실에 있었다.

공연이 시작하기 전, 그녀는 몸을 풀기 위해 대기실에 앉아 천장을 바라보고 있었다.

"아아! 아아! 아아……!"

아무리 자선사업을 위한 공연이라고는 하지만 그녀는 팬을 중요히 여겼다.

그 어떤 공연이라도 최선을 다하지 않은 적이 없었다.

그런 열정이 있었기 때문에 그녀가 지금 이 자리에 있는 것이다.

똑똑.

그런 그녀의 대기실에 노크 소리가 들렸다.

"네."

이윽고 대기실로 꽃바구니를 든 청년이 들어섰다.

"꽃 배달이오."

"꽃 배달이요?"

"어떤 분이 화환을 보내셨는데, 안젤리나 씨가 화환은 받지 않는다고 하셔서요."

그녀는 파란색 장미꽃이 든 꽃바구니를 바라보며 고개를 갸웃거렸다.

"이상하네. 누가 꽃을……?"

"이분께서 전해달라고 했습니다."

안젤리나는 꽃바구니에 든 명함과 한 장의 봉투를 발견했다.

[경축, 이수 자동차 강화수 드림.]

그녀는 실소를 흘렸다.

"특이한 사람이네. 콘서트에 이런 꽃바구니를 보내다니."

이어 그녀는 꽃바구니에 끼어 있는 봉투를 뜯어보았다.

[사이타마 수족관 야간 관람권]

그곳에는 표가 두 장 들어 있고 봉투의 뒷면엔 이렇게 적혀 있었다.

요양이라고 생각하십시오. 원래는 제가 함께 가고 싶었는데 생각해 보니 초면에 무슨 수족관 관람 신청인가 싶어서 표를 보내드립니다. 마이클 씨와 함께 다녀오십시오. —강화수

그녀는 화수의 짧은 편지를 읽고는 피식 웃었다.

"싱거운 사람이네."

이내 꽃바구니를 배달한 사람이 대기실을 나서려고 하자 그녀는 그를 붙잡았다.

"잠깐만요. 꽃바구니를 전달하라고 한 사람은 어디에 있나요? 한국에 있나요?"

"글쎄요. 꽃 배달을 시켰을 땐 분명히 일본에 있었습니다만, 지금은 어디에 있는지 알 수가 없군요."

"그래요?"

안젤리나는 작은 꽃바구니를 바라보며 실소를 흘렸다.

"그럼 그렇지. 나를 따라서 일본으로 온 거구나. 하여간……."

그 어떤 회사의 오너라도 자신의 회사를 위해서라면 무슨

일이라도 한다는 사실을 익히 알고 있는 바, 그녀는 꽃바구니와 관람 티켓에서 신경을 끄기로 했다.

* * *

늦은 밤, 그녀의 공연이 끝나기만을 기다린 화수는 매니저 마이클에게 전화를 걸었다.

—네, 마이클입니다.

"공연은 잘 마쳤습니까?"

—뭐, 그럭저럭 성황리에 마친 것 같군요.

"다행이군요."

밤이 무르익은 시간에 전화를 건 화수는 오늘 그가 한 일에 대해서 얘기했다.

"그나저나 꽃바구니는 잘 받으셨습니까?"

화수의 질문에 그는 너털웃음을 터뜨렸다.

—하하, 그 꽃바구니 말입니까?

"화환을 보내려고 했는데 안 된다고 하더군요."

—네, 맞습니다. 잘했어요. 그녀가 좋아하는 것 같더군요.

"그렇습니까? 다행입니다."

그는 아쿠아리움에 대해 설명했다.

—하지만 아쿠아리움은 못 갈 것 같군요. 아무래도 유명인이 그런 곳에 가면 혼란을 초래할 수가 있거든요.

"야간에 이용할 수 있다고 들었습니다. 기회가 된다면 가라고 드린 것이니 너무 크게 신경 쓰지 마십시오."

이제 막 통화를 마무리하려던 화수는 불쑥 전화를 바꾸는 그녀와 마주했다.

—고마워요.

"안젤리나 씨?"

—안 그래도 조금 우울하던 찰나였는데 잘되었어요. 나중에 기회가 된다면 꼭 가볼게요.

"감사합니다. 마음만이라도 알아줘서요."

—하지만 나를 따라서 일본까지 온 것은 좀 과한 것 아니었나요?

순간, 화수는 아주 작은 장난기가 발동했다.

"미안합니다만, 그쪽 때문에 온 것이 아닙니다. 일본 수출건 때문에 왔지요."

—…….

"일이 끝나면 인사라도 드리려고 전화를 드린 것인데 아깝게 되었군요. 당신과 같은 스타를 가까이에서 보며 인사할 수 있는 기회가 그리 많은 것도 아닌데 말이죠."

—그, 그렇군요. 하지만 나도 시간이 별로 없어서요.

"그럴 것 같았습니다. 어쩔 수 없이 다음을 기약해야 할 것 같습니다."

—아, 아무튼 꽃바구니 고마워요.

이윽고 전화를 끊은 그녀. 화수는 너털웃음을 지었다.

"후후, 생각보단 재미있는 여자네."

화수는 다시 한국으로 돌아갈 차비를 했다.

* * *

이른 새벽, 그녀는 화수가 준 족욕기에 발을 담그고 있었다.

부르르르르.

그녀는 의자에 앉아 지그시 눈을 감았다.

"아아, 좋다!"

만약 이것을 월풀로 만들어 사용한다면 이 세상에서 가장 편안한 물건이 되지 않을까 하는 생각을 해보는 그녀다.

"왜 이런 물건을 출시하지 않는 거지?"

인터넷으로 화수에 대해 검색해 본 결과, 그녀는 그가 자신이 필요한 일이 아니라면 굳이 돈을 받고 물건을 팔지 않는 사람이라는 것을 알 수 있었다.

이렇게 뛰어난 실력을 갖고 있음에도 불구하고 남의 영역에는 최대한 침범하지 않는 철학이라도 있는 것일까?

그녀는 문득 그의 재능이 과연 어디까지일지 궁금해졌다.

그러면서도 이 족욕기를 월풀로 바꾸어 주문하고 싶다는 생각이 조금씩 들고 있었다.

안젤리나는 꽃바구니에 들어 있던 아쿠아리움 티켓을 꺼내 들었다.

티켓 봉투의 뒷면에는 그의 연락처가 적혀 있었다. 하마터면 무심코 버릴 뻔했다.

"전화를 한번 해볼까?"

그녀의 족욕은 마이클 외엔 아무도 모르는 취미인데, 그녀는 유난히도 자신의 발을 남에게 드러내는 것을 부끄러워하는 경향이 있었다.

그럼에도 불구하고 족욕 때문에 전화를 건다는 것은 그녀의 자존심이 허락하지 않았다.

"그럼 마이클에게……."

마이클에게 부탁해서 그에게 전화를 하려던 그녀는 이내 손을 내려놓았다.

"아, 아니지."

그러다 문득 그가 일본에 온 것은 아주 잠깐이라는 것을 상기해 냈다.

하지만 그녀는 자신의 몸을 이 알 수 없는 족욕기가 두드려준다고 생각하니 벌써부터 흥분되어 잠이 오지 않을 지경이었다.

―뚜우.

결국 그에게 전화를 걸자, 그는 약 5초 만에 전화를 받았다.

—네, 강화수입니다.

새벽임에도 불구하고 그는 피곤한 기색 하나 없이 그녀의 전화를 받았다.

"안녕하세요? 안젤리나예요."

—어? 안젤리나 씨, 이 시간에 어쩐 일이십니까?

"…저번에 족욕기를 받았다고 감사의 인사를 못한 것 같아서요."

상당히 구차한 변명이긴 하지만 그에겐 충분히 통한 듯하다.

—하하, 마음에 든다니 다행이군요. 효과는 어떻습니까? 좋지요?

순간, 그녀는 신이 나서 족욕기를 마구 찬양하기 시작했다.

"네, 좋아요! 도대체 이런 물건이 왜 이제야 내 앞에 나타났나 싶다니까요!"

자신도 모르게 왁자지껄하게 떠든 그녀는 문득 자신의 모습이 부끄러워졌다.

"험험, 미안해요. 나도 모르게 그만……."

—괜찮습니다. 저라도 그런 엄청난 효과를 경험하고 나면 그럴 거예요.

"그러게요. 그런데 이건 도대체 뭐로 만든 물건인가요?"

—아직 특허출원한 건 아니지만 제가 특별히 제작한 물건입니다. 뭐라고 딱히 설명하기가 힘드네요.

"아, 그렇군요."

그녀는 슬슬 본론을 꺼내 들었다.

"만약 실례가 되지 않는다면 이 물건을 돈을 주고 주문할 수는 없을까요?"

—족욕기를요?

"아니요. 월풀을 주문하고 싶어요. 이 아늑하고 따뜻한 기분을 온몸으로 느낄 수 있다면…… 생각만 해도 짜릿하네요!"

그녀는 화수가 당연히 월풀을 만들어줄 것이라고 확신했다.

하지만 그는 단박에 거절했다.

—그건 안 됩니다.

"네, 네? 왜요?"

—이건 그냥 발이나 마사지하라고 만든 것이지 온몸을 마사지하라고 만든 물건이 아닙니다. 만약 이것을 목욕에 맞게 개발하려면 시간이 조금 걸려요.

"그럼 개발하면 되잖아요?"

—시간에 없네요. 제가 좀 바빠서요.

순간, 그녀는 버럭 소리를 질렀다.

"그, 그게 무슨 말이에요?! 내가 원한다니까요! 고객이 원하는 것은 해주는 것이 개발자의 도리 아닌가요?"

—저는 분명히 그것을 선물로 드린 것 같은데…….

잠시 이성을 잃은 그녀는 붉어진 얼굴로 말했다.

"미, 미안해요. 나도 모르게 그만……."

평소 어지간한 일로는 큰 소리를 내지 않는 그녀가 이렇게까지 흥분하는 이유는 안젤리나의 유일한 취미가 족욕과 목욕이기 때문이었다.

그녀에게 족욕과 목욕은 생활과도 같았다.

"이 새벽에 소리나 지르고……."

—괜찮습니다. 유일한 취미가 족욕이라고 들은 것 같은데, 그럴 수도 있죠.

이윽고 그는 아주 큰 결단을 내렸다는 듯이 말했다.

—좋습니다. 특별히 월풀을 제작하기로 하지요.

"저, 정말로요?!"

—하지만 제가 월풀을 제작해 드리는 대신 당신도 뭔가 하나는 해주셔야겠습니다.

"뭔데요?"

—다음 투어에 제가 드린 차를 한 번만 타주십시오.

"차요?"

—이런 것을 두고 간접 광고라고 하지요.

썩 내키지는 않지만 어쩔 수 없는 선택이다.

"조, 좋아요. 그렇게 하도록 하죠."

—네, 알겠습니다. 한 일주일 정도만 기다리시면 완성해서 배달해 드리겠습니다. 그것도 설치와 철거가 가능한 탈부착

식으로 말입니다.

"조, 좋아요!"

이번에도 잠시 이성을 잃을 뻔한 그녀는 재빨리 전화를 끊었다.

"아, 아무튼 이만 끊을게요!"

전화를 끊은 그녀는 아직도 자신의 발을 간질이고 있는 족욕기를 바라보며 미소를 지었다.

"좋은데?"

갑자기 극도로 기분이 좋아지는 안젤리나였다.

* * *

사람은 자신이 좋아하는 것에는 감정선을 아낌없이 드러내는 법이다.

화수는 그저 인상을 각인시키고자 준 족욕기가 이렇게까지 좋은 반응을 보일 줄은 미처 몰랐다.

그는 한국으로 돌아와 곧장 마나월풀을 제조하기 시작했다.

사실 마나월풀을 만드는 데 걸리는 시간은 한 시간도 채 안 된다.

그저 전기가 들어가는 월풀에 마나코어를 연결하고 회로만 손보면 끝이기 때문이다.

하지만 그가 일주일이라는 유예 기간을 둔 것은 그녀가 조금 더 자신을 생각하도록 만들기 위해서였다.

사람은 자신이 주문한 물건이 오기를 기다리는 동안에는 매일 그 생각을 떠올리게 된다.

화수는 그런 효과를 통해서 자신을 조금 더 각인시키려는 것이다.

아마도 지금쯤 그녀는 족욕기에 발을 담근 채 그를 생각하고 있을 것이 틀림없었다.

"효과가 그렇게 좋은가?"

도대체 얼마나 좋으면 직접 전화까지 했나 싶어 화수는 직접 탕에 몸을 담갔다.

솨아아아아!

순간, 그는 지금까지 쌓여 있던 몸속의 피로와 노폐물이 깨끗이 빠져나가는 것을 느꼈다.

"어, 어어어……!"

그제야 그는 왜 그토록 그녀가 이 족욕기에 열광하는지 알 것 같았다.

"생각보다 더 좋군."

그저 원리가 같기에 내민 것뿐이건만 의외로 이것은 대단한 물건이었다.

화수는 너털웃음을 터뜨렸다.

"마나코어를 이용해 발명하는 사람이 정작 사용해 본 적이 없다니 한심하다고 해야 하나?"

바쁘게 살다 보니 목욕할 시간도 없었다는 것이 못내 마음에 걸리는 화수다.

그는 두 동생에게 전화를 걸었다.

"시간 있으면 함께 목욕이나 하자."

—목욕이요? 이 밤에 무슨 목욕을…….

"일단 와보면 안다."

이윽고 부스럭거리며 잠에서 깬 두 사람이 화수가 앉아 있는 목욕탕에 모습을 드러냈다.

그들은 고물상 뒤편에 자리 잡고 있는 화수에게 다가와 말했다.

"이 야밤에 혼자 뭐 하십니까?"

"왔나?"

화수는 그들에게 두 손을 뻗었다.

"사양하지 말고 들어와. 정말 기분이 좋아지니까."

이제 계절은 10월, 슬슬 가을 낙엽이 떨어질 시기다.

찬바람이 적당하게 불어와 따끈한 욕조에 몸을 녹이기엔 아주 좋은 날씨였다.

두 사람은 마치 자석에 이끌리듯 마나욕조에 몸을 담갔다.

"후우!"

"오, 오오!"

각기 다른 감탄사를 내뱉고 있지만 아마도 그들 역시 화수와 같은 느낌일 것이다.

그는 이내 자리에서 일어나 고물상 냉장고로 향했다.

"이럴 때 마시려고 남겨둔 것이 있지."

화수는 동네잔치에 쓰는 정종 세 병을 가지고 나왔다.

"어때, 이렇게 목욕을 즐기면서 한잔하는 것은?"

"오오, 좋습니다!"

몸은 노곤하고 하늘은 시원하니 그야말로 금상첨화였다.

화수는 정종을 개봉해서 동생들에게 한 병씩 나누어 주었다.

"술잔은 필요 없겠지?"

"물론이지요."

화수는 그들에게 거침없이 건배를 외쳤다.

"우리의 건승을 위해 건배!"

"건배!"

잔을 부딪치고 술을 목구멍으로 넘기자 알싸하면서도 달큰한 술기운이 올라온다.

술기운은 따끈한 탕과 어우러져 조금 더 빨리 몸속으로 퍼져 나갔다.

세 사람은 일제히 시너지를 이룬 술맛에 감탄사를 내뱉었다.

"이, 이야! 이게 무슨 일이야?!"

"하하! 술맛 한번 기가 막힙니다!"

"그렇지? 원래 이렇게 마시는 술이 진짜라는 말을 듣기는 했지만 실제로 경험한 것은 처음이네."

"그러게 말입니다."

사람이 살다 보면 자신에게 딱 맞는 풍류를 찾아내게 마련이다.

화수는 지금 이 순간, 자신과 동생들에게 안성맞춤인 풍류를 찾아낸 것이다.

"앞으로 머리가 아픈 일이 있거나 긴히 상의할 일이 있으면 무조건 이곳에서 모이는 것으로 하지."

"예, 알겠습니다."

로이드는 가만히 주변을 바라보다 이내 미소를 지었다.

"그나저나 이 장소에 이대로 탕을 만드는 것은 무리가 있겠는데요?"

이미 그들의 머리 위로는 낙엽이 떨어지고 있었다. 비가 오거나 눈이 오는 날엔 목욕을 즐기지 못할 것 같았다.

"그건 나에게 맡겨. 며칠 있으면 시간이 나니까 그때 목욕탕을 만들어보도록 하지."

"저희도 돕겠습니다."

"좋아. 이제 우리도 전용 목욕탕과 사우나를 한번 만들어 보자고."

"좋지요!"

상당히 소박한 꿈이긴 하지만 화수는 예전부터 자신만의

목욕탕을 만드는 것이 소원이었다.

이젠 그것을 실현할 수 있는 위치에 서게 되었으니 그야말로 감읍할 따름이다.

하지만 이보다 더 큰 꿈을 위해서 정진하기로 한 화수다.

"내일부턴 더 바쁘게 움직여야 한다. 베트남에 먼저 신차를 출시해야 하거든. 판매량이 어떻든 일단 팔아먹고 보자고."

"예, 알겠습니다."

화수는 다시 한 번 술병을 들었다.

"건배하자."

"예, 형님."

"자, 건배!"

"건배!"

세 사람은 새벽이 다 되어가도록 목욕과 함께 음주를 즐겼다.

6장

일상에서의 작은 유희

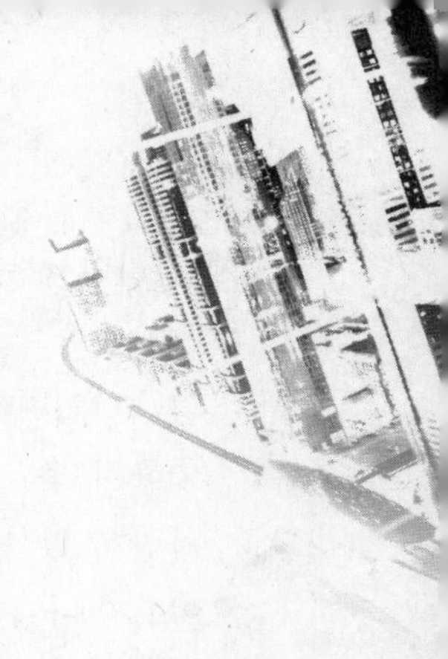

10월의 도쿄는 가을빛을 입어 조금은 쌀쌀하고도 화려한 색채를 자랑하고 있다.

팅팅.

가을바람에 흔들리는 종소리가 신사를 가득 채워주는 듯했다.

찬미는 신사 구석에 앉아서 우롱차를 마시고 있었다.

"좋구나."

그녀는 시끌벅적한 도쿄에서 이렇게 고즈넉한 여유를 즐길 수 있을 것이라곤 전혀 예상하지 못했다.

어린 시절엔 이따금씩 외국으로 여행을 다니곤 했는데, 병에 걸리면서부터는 세상 모든 것을 좁은 시선 안에 가둬두어야 했다.

그래서인지 지금 이곳에 불어오는 바람과 낙엽 하나까지 소중하지 않은 것이 없었다.

가만히 앉아서 떨어지는 낙엽을 바라보던 그녀의 곁으로 로이드가 다가왔다.

"김찬미 이사님?"

"일찍 오셨네요."

두 사람은 회사에서 몇 번인가 마주친 적이 있는 사이다.

하지만 그뿐, 두 사람은 말도 몇 번 섞어보지 못했다.

찬미와 로이드는 아주 어색한 미소를 주고받고는 이내 입을 다물었다.

'어색하네.'

그녀는 화수가 왜 이런 자리를 마련했는지 이해할 수 없었다.

자신만을 위한 휴가를 준다더니 이런 어색한 자리라니. 이상한 생각이 들었다.

그러나 로이드 역시 이곳에 자의로 온 것이 아니기 때문에 불만을 표출할 수 없었다.

화수는 이곳 일본으로 오면서 로이드와 리처드를 대동했고, 그녀는 후발주자로 이곳에 왔다.

명목상으론 연구를 위한 연수라고 했지만 화수는 그녀에

게 휴가를 주기 위해 일부러 연구소가 없는 곳으로 찬미를 데려온 것이다.

그의 목적을 모르는 바는 아니지만 어색한 로이드와 함께 다니는 것은 고역일 것이라는 생각이 들었다.

하지만 그녀는 최대한 미소를 지으며 그를 따르기로 한다.

"갈까요?"

"그럽시다."

남을 배려해야 한다는 것을 화수에게 귀가 따갑게 들은 바, 그녀는 최선을 다하기로 마음먹었다.

*　*　*

두 사람이 가장 처음으로 간 곳은 맥도X드였다.

햄버거를 파는 이곳은 세계 어느 곳을 가도 쉽게 찾아볼 수 있는 곳으로 그녀는 여행의 첫걸음을 이곳으로 정했다.

그녀는 햄버거를 무려 열 개나 시켜놓고 정신없이 먹어치우기 시작했다.

"쩝쩝쩝!"

로이드는 다이어트 콜라 한 잔과 부드러운 빵을 주문해 놓고 신기한 눈으로 그녀를 바라보았다.

"…그게 다 어디로 들어갑니까?"

그녀는 말할 시간도 없다는 듯 고개를 좌우로 가로저었다.

"우우, 우우……."
로이드는 그녀에게 콜라를 건넨다.
"마시면서 먹어요. 그렇게 급하게 먹다간 기도가 막힐지도 모릅니다."
"으읍……."
콜라를 한 모금 마신 그녀가 간신히 입을 열었다.
"고마워요."
그는 지금 이렇게 엄청나게 먹어대고 있는 그녀의 사연이 궁금하지 않을 수 없었다.
"도대체 왜 그렇게 걸신들린 사람처럼 햄버거를 먹는 겁니까?"
사실 그녀는 화수가 만든 마도병기이기 때문에 한 달 동안 아무것도 먹지 않아도 살 수 있었다.
하지만 그녀가 지금 이렇게 마구 먹어대는 것은 과거의 기억 때문이었다.
"내가 무척이나 아팠을 때 밖에서 햄버거를 먹어보는 것이 소원이었어요. 그래서 지금 소원풀이를 하는 것이죠."
"소원성취를 하는 것이라는 말이군요."
"그렇다고 할 수 있겠네요."
그는 실소를 흘렸다.
"그렇게 아담하고 귀여운 소원이 다 있다니, 세상이 아직 썩어문드러지진 않은 모양입니다."

"귀, 귀여워요?"

"귀엽지요. 세상에 햄버거를 마음껏 먹어보는 것이 소원이었다니. 지나가는 사람을 붙잡고 물어보십시오. 다들 나와 비슷한 말을 할 겁니다."

그녀의 나이 이제 서른으로 향하고 있다.

심지어 그녀는 자신의 앞에 앉아 있는 로이드보다도 나이가 많다.

그런 그녀에게 귀엽다는 말은 과분하면서도 상당히 기분 좋아지는 소리다.

"…부끄럽네요."

"저는 그냥 있는 그대로를 말한 것뿐입니다. 그러니 그렇게 부끄러워할 필요 없어요."

"고마워요."

"후후, 별말씀을요."

그녀는 계속해서 햄버거를 먹어치웠고, 로이드는 그런 그녀를 신기한 눈으로 바라보았다.

* * *

엄청난 양의 햄버거를 먹어치운 그녀는 바로 옆에 있는 게임센터로 향했다.

뾰뵤뵤뵤봉!

여기저기에서 오락기의 버튼 누르는 소리가 요란하기 들려온다.

찬미와 로이드는 그런 오락실의 중간에 있는 인기 게임 부스로 향했다.

"게임 잘해요?"

"해본 적은 별로 없는데 할 수는 있을 것 같네요."

그녀는 익숙한 솜씨로 동전을 집어넣었다.

철컥!

"내가 이래 봬도 한때는 동네에서 날리던 솜씨예요. 우리 어렸을 땐 오락실이 한창 호황이었거든요."

"아, 그렇습니까?"

시대가 흘러서 그녀가 하던 게임은 대부분 사라지고 없었지만 그 시리즈가 아직 살아남아 명맥을 이어나가고 있었다.

그녀는 아주 유명한 싸움의 제왕[The King of Fighters]을 아주 즐겨했는데, 그땐 이런 게임이 유행이었다.

94년도에 처음 출시되어 한 해에 한 번씩 시리즈를 뽑아낸 싸움의 제왕은 2010년에 이르러선 아주 화려하고 정밀한 그래픽으로 재탄생되었다.

찬미는 여자아이로선 아주 드물게 이 오락에 상당히 뛰어난 재능을 보였다.

심지어 그녀는 병에 걸려서 몸이 굳어가기 직전까지 오락실을 찾아다니며 고수를 꺾는, 이른바 '오락실 깨기'를 하러

다녔을 정도이다.

그러니 그녀의 실력으로 치자면 세계 정상급이라고 해도 과언이 아닐 것이다.

찬미의 외모는 상당히 빼어난 편인데, 어려서부터 발레를 해서 몸매 또한 일품이었다.

그런 미녀가 오락을 하고 있으니 사람이 몰리는 것은 당연한 일이었다.

그녀와 대전하여 멋있는 척을 해보이려는 한 사내가 동전을 넣는다.

빠바바바밤!

[Hero Now Challenge!]

오락실에서 누군가 도전을 하는 것, 일명 '잇는다' 고 말하는 상황이 벌어지면 흔히 자리에서 일어나 목을 쭉 빼거나 고개를 옆으로 쭉 빼서 상대방을 확인해 줘야 한다.

상대방의 나이와 실력 정도를 가늠하기엔 얼굴을 보는 것이 가장 확실했고, 또한 기선 제압 등의 심리전을 이끌어낼 수 있기 때문이다.

그녀는 어려서부터 자리에서 일어나 상대방의 얼굴을 확인하는 것이 습관이었다.

자리에서 일어선 그녀는 의자 위로 올라가 상대방의 얼굴을 스윽 훑어보았다.

그리곤 슬그머니 미소 지었다.

"후후, 오늘도 피라미가 걸려들었군."

로이드는 도대체 그녀가 얼마나 오락을 잘하기에 이런 얘기까지 하나 싶었다.

'여자가 잘해봐야 거기서 거기지.'

그가 남성우월주의자는 아니지만 평균적으로 오락은 남성이 여성보다 잘하는 경향이 있다.

그런 고정관념에 사로잡혀 그녀의 필패를 점치는 로이드였다.

하지만 그런 그의 고정관념은 1분도 채 되지 않아 깨지고 말았다.

[퍽퍽퍽, 라이주겐!]

[크헉! 크헉!]

[퍽퍽퍽퍽! 흡!]

[커헉!]

상대방을 여러 가지 기술을 연계시켜 연타하는 이른바 콤비네이션, 흔히 '연속기' 라고 불리는 스킬이 작렬하자 상대방은 넋을 놓고 당할 수밖에 없었다.

[퍽퍽퍽! 으랴아!]

[슈퍼 캔슬!]

[퍽퍽퍽퍽퍽! 라이포겐!]

[으악!]

[KO! 1P WIN!]

그녀는 노란 머리를 위로 올린 게임 캐릭터 '베니마루' 와 같은 표정을 지으며 자리에서 일어섰다.

그리곤 의자 위로 올라가 상대방을 바라보며 슬그머니 미소를 지었다.

"후훗."

도발은 상대방의 평정심을 흔드는 가장 좋은 방법으로 이것은 만국 공통이다.

이윽고 다른 캐릭터가 대전을 준비하자 그녀는 재빨리 자리에 앉아 레버를 잡았다.

"후후, 아주 생선 바르듯 살살 발라주지!"

그녀는 지금 라이프의 손실이 하나도 없는 '퍼펙트' 상태였다. 이것은 상대방과 그녀의 실력 차가 얼마나 현격한지 잘 알려주는 지표다.

그는 화가 머리끝까지 차올라 얼굴이 터져 버릴 것 같은 표정을 짓고 있는데 애초에 그는 찬미의 상대가 아니었다.

로이드는 그런 그녀를 바라보며 실소를 흘렸다.

"허참, 밥 먹고 오락만 했습니까?"

그녀는 현란하게 레버를 움직이면서 자랑스럽다는 듯이 말했다.

"내가 원래 이 오락에 천부적인 재능을 보였어요. 한마디로 난 오락의 천재라는 소리죠. 그런 천재가 노력하면 어떻게 되겠어요? 당연히 내가 최고가 되겠죠?"

평소에 잘난 척이라곤 아예 찾아볼 수 없는 그녀지만 유독 오락에 대해서만은 사람이 달라졌다.

자신감이 넘치는 것은 기본이고 상대방을 우롱하거나 희롱하면서 약 올리는 등의 호전적인 모습까지 보였다.

로이드는 이런 그녀가 오락이 아닌 온라인 게임에 빠지면 무분별하게 캐릭터를 살해하고 다니는 이른바 '무작위 PK' 유저가 될 것이라는 생각이 들었다.

'그것도 아주 악성으로 크겠군.'

그는 가끔 온라인 게임에 돈과 시간을 할애하곤 하는데, 서버에서 지존의 반열에 오르지 못하면 견디지 못하는 성미를 가졌다.

로이드는 문득 그녀의 모습에서 자신과 비슷한 향기를 느꼈다.

'잘 만하면…….'

또 다른 폐인을 양성할 수도 있겠다 싶은 로이드이다.

[WINER!]

"후후, 별것도 아닌 놈이."

그녀는 가볍게 한 사람을 눌러 버렸고, 그를 필두로 엄청난 인파가 줄을 서기 시작했다.

한국의 오락실은 거의 대부분 없어지고 있는 추세이기에 이런 광경은 구경하기 쉽지 않았다.

찬미는 구름처럼 자신을 둘러싸는 사람들을 바라보며 어

린 시절의 향수를 느꼈다.

"그래, 이게 바로 오락실의 참맛이지!"

양쪽에 모여든 사람들은 차례대로 오락기에 동전을 올려놓고 자신의 대전 차례를 기다리곤 했다.

사람과 사람이 대전하는 경우가 대부분이기 때문에 플레이어의 회전도 엄청나게 잦았다.

그렇기 때문에 그 시절이 오락실의 황금기였다.

하지만 언젠가부터 그런 모습을 찾아볼 수 없어서 그녀는 상당히 헛헛해했다.

"덤벼! 덤벼!"

신이 난 그녀는 자리에서 일어나 상대를 바라보며 덤비라고 손짓까지 해보였다.

그 모습을 바라보며 사람들이 흥미진진한 표정을 지었다.

"오오, 상대방을 도발하는 저 자세를 좀 봐!"

"고수는 역시 다르다!"

로이드는 그런 그녀와 그들을 바라보며 고개를 가로저었다.

'저게 도대체 뭐 하는 짓이야?'

아무리 게임이 좋아도 현실에서는 이런 행동을 하지 않는 로이드로선 그저 웃음만 나올 뿐이었다.

*　　*　　*

무려 두 시간 동안이나 게임을 즐긴 그녀는 찌뿌듯하다는 듯이 기지개를 켰다.

"하아아암! 좋다! 난 이런 피곤함이 좋아요!"

"피곤함이 좋다. 게임을 하고 난 이후의 여운을 즐긴다는 뜻으로 받아들여도 되겠습니까?"

"그래요. 맞아요. 당신 말이 맞는 것 같아요. 게임을 하고 나면 뭔가 마음이 꽉 찬 느낌이 들어요."

그는 빙그레 미소를 지었다.

"그래요?"

지금 그녀가 겪고 있는 증상은 게임 중독 초기 증상으로 눈만 감으면 오락에 대한 생각으로 가득할 것이다.

"혹시 잠을 자거나 눈을 감으면 오락에 대한 생각이 들지 않나요? 자신이 생각하는 최고의 시나리오를 그려본다든지, 이런 것이 있으면 좋겠다고 생각한다든지."

"마, 맞아요!"

"그리고 지나가다 오락과 비슷한 풍경을 본다거나 그 캐릭터가 입은 옷과 비슷한 것을 보면 나도 모르게 카타르시스를 느낀다든지……."

"어머나, 어떻게 알았지?"

격하게 공감하는 그녀를 바라보며 로이드는 아주 흡족한 미소를 지었다.

"좋습니다. 내가 당신을 신세계로 인도해 줄게요."

"신세계요?"

"따라오세요."

그는 그녀의 손을 잡고 인터넷이 연결된 카페로 향했다.

두 명이 들어가서 조용히 게임을 즐길 수 있도록 되어 있는 인터넷 카페에 들어선 그는 과자와 음료수를 잔뜩 사가지고 왔다.

그녀는 그 모습을 바라보며 고개를 갸웃거렸다.

"그게 다 뭐예요?"

그는 제자를 양성한다는 생각으로 아주 정성스럽게 설명에 들어간다.

"자고로 배가 고프면 집중력이 떨어지게 됩니다. 하지만 자리에서 일어서는 것은 상당히 귀찮은 일이죠."

"아하, 식량을 비축하라?"

"역시! 당신은 뭔가 달라도 다를 줄 알았어요!"

그는 그녀의 자리에 마우스와 키보드를 잡으면서도 전혀 방해가 되지 않는 최적화된 먹을 것 레이아웃을 짜주었다.

"첫째, 먹을 것이 마우스를 건드려선 안 됩니다. 아시죠? 게임의 가장 중요한 것이 무엇인지."

"컨트롤?"

"그래요. 컨트롤이 흐트러지면 큰일입니다. 마우스가 1미리만 잘못 움직여도 금방 요단강을 건너는 것이 바로 이 세계이지요."

"아하!"

그는 자신이 하는 게임에 접속해 캐릭터를 보여주었다.

"서버 랭킹 1위의 캐릭터입니다. 장비와 레벨, 이 두 가지 면에서 나를 따라올 자가 없지요."

"이게 대단한 건가요?"

"당연하죠. 이건 컨트롤이나 실력으론 안 되는 일입니다. 시간과 노력을 투자해서 완성시키는 것이죠. 심지어 저는 캐릭터를 대신 운영하는 아르바이트생을 고용하기도 했습니다."

그는 아르바이트생에게 전화를 걸었다.

"오늘 게임은 제가 합니다. 그러니 오늘은 접속하지 말아요."

―네, 알겠습니다.

전화를 끊은 그는 그녀의 아이디를 만들도록 도와주었다.

"오락도 오락이지만 이런 온라인 게임도 충분한 재미를 줍니다."

"으음, 그렇군요."

그녀는 자신의 주민등록번호 등을 입력하고 계정을 만들었다.

"어떤 캐릭터가 좋아요?"

"센 캐릭터요. 빠르면 더 좋겠네요."

그는 어쎄신 캐릭터를 골랐다.

"이게 좋겠습니다. 연타와 콤비네이션이 환상을 이루는 캐릭터죠."

로이드는 캐릭터를 만들어내곤 자신이 직접 캐릭터를 다뤄보았다.

[허업! 허업! 이얍!]

그가 즐기는 게임은 주로 키보드를 이용하는 게임인데, 마치 오락실에서 즐기는 게임과 조작 방법이 비슷했다.

방향키를 움직여 스킬을 발동하는 핫키를 설정하거나 버튼 하나로 스킬을 시전할 수도 있었다.

하지만 그는 핫키를 사용하여 연속 조작을 시연해 보였다.

[콤보! 콤보! 12단 히트!]

"오오! 오오!"

연속기가 주는 짜릿한 타격감을 간접적으로 경험하는 그녀의 눈이 반짝거렸다.

"이렇게 전장을 휘젓고 다니는 것이 특징입니다. 사람과 전쟁을 벌일 때도 있고 몬스터와 전쟁을 벌일 때도 있죠."

"조, 좋아요! 너무 좋아요!"

그녀는 게임을 보자마자 눈을 반짝거리며 컴퓨터 앞에 정좌했다.

"어때요? 한번 빠져볼 준비가 되었습니까?"

"물론이죠!"

그는 자신의 인벤토리와 창고에 있는 아이템을 꺼내서 그녀에게 건넸다.

"일단 이것을 장착하고 레벨을 올리고 계십시오. 내가 현금을 동원해서 당신의 장비를 사줄게요."

"현금이요? 게임 아이템을 돈 주고 사요?"

"요즘은 다 그렇게 합니다. 그렇게 하지 않으면 지존의 반열에 들 수 없어요."

"으음."

로이드는 그녀의 현금 구매, 이른바 '현질' 욕구를 자극시켰다.

"당신, 게임에서 패배자로 낙인찍히고 싶어요?"

"아니요!"

"이 게임은 오락실에서 당신을 봐오던 구경꾼들보다 족히 천 배는 많은 사람이 구경한단 말입니다. 그런 사람들 틈에서 패배하고 싶어요?"

"아니요!"

"그럼 지르십시오. 그것도 아주 시원하게."

"조, 좋아요!"

그는 자신의 신용카드로 한화 100만 원에 달하는 금액을 시원하게 긁었다.

"일단 100만 원으로 시작합시다. 추후에 현금 동원이 더 필요하면 말해요. 내가 아이템을 구해줄 테니까."

"알겠어요!"

로이드는 서버 지존인만큼 인맥이 넓어서 희귀한 아이템과 고 강화 무기들을 척척 구해냈다.

그동안 그녀는 로이드의 지인들과 함께 레벨을 올리며 스킬을 쌓았다.

약 두 시간 후, 그녀는 제법 익숙해진 조작과 스킬 연계로 전장을 휘젓고 다녔다.

[허헙! 허헙! 야압!]

[연타! 연타! 콤보의 신!]

"오호호호!"

게임을 즐기는 그녀의 눈에서 로이드는 새로운 게임 폐인의 모습을 발견했다.

"좋습니다! 그런 열성적인 모습이 바로 지존을 만드는 겁니다!"

"지존! 지존!"

두 사람은 또 다른 지존을 탄생시키기 위해 열과 성을 다했다.

* * *

이틀 후, 한국으로 돌아온 두 사람은 컴퓨터 판매점에 들렀다.

로이드는 블랙카드를 내밀며 말했다.

"여기에서 가장 좋은 컴퓨터 두 대와 주변 기기, 그리고 고화질에 3D가 지원되는 모니터를 주십시오."

"알겠습니다."

그는 가정용 슈퍼컴퓨터와 40인치 모니터를 가져왔다.

"현재 저희가 가진 물건 중에서 가장 최신 모델입니다. 외국에서 이제 막 물 건너온 물건이죠."

로이드와 찬미는 거침없이 물건을 골랐다.

"계산해 주십시오."

"시연을 해보지도 않고요?"

"컴퓨터가 다 똑같죠. 계산이나 하십시오."

"네, 알겠습니다."

기기에 대한 설명을 듣는 시간조차 아깝다는 듯 컴퓨터를 구매한 그는 마치 신주단지 모시듯 차에 컴퓨터를 실었다.

그 모습을 바라보며 찬미는 존경스럽다는 눈빛을 보냈다.

"멋있어요, 사부님!"

"후후, 별말씀을요."

이윽고 두 사람은 완벽한 게임 시연을 위한 공간을 확보하기 위해 부동산을 찾았다.

판암동의 부동산 공인중개사는 자신을 찾아온 두 사람을 바라보며 연신 고개를 가로저었다.

"이수기업 이사님들 아닙니까?"

"네, 맞습니다."

"회사 근처에 가옥을 구하시는 것은 무슨 목적입니까?"

"그런 사정이 좀 있습니다. 적당한 방 있어요?"

"있긴 있죠."

"계약합시다."

"네, 네? 방을 보지도 않고요?"

"물 안 새고 전기와 수도만 잘 들어오면 됩니다. 나머진 우리가 알아서 합니다."

"그러시죠."

그는 특유의 엄청난 추진력으로 일을 진행했고, 무려 두 시간 만에 슈퍼컴퓨터가 갖춰진 미니 게임방을 열었다.

로이드는 인터넷으로 엄청난 양의 과자와 음료수를 주문했고, 두 사람은 폐인으로서 거듭나기 위한 조건을 모두 갖추었다.

"어때요? 이제 지존이 될 수 있겠죠?"

"물론이죠. 약 이틀이면 만렙을 찍을 수 있을 것 같아요."

그는 고개를 가로저었다.

"이틀은 너무 길어요. 하루 반으로 줄이세요."

"알겠습니다."

로이드는 게임 플레이 시간이 적다고 그녀를 훈계했다.

"하루에 몇 시간이나 게임을 합니까?"

"열두 시간 정도?"

"안 됩니다. 그런 해이한 정신으로 무슨 지존을 만듭니까? 적어도 열다섯 시간은 돌려야지요."

"아아!"

"1인자를 아무나 하는 줄 아십니까?"

"시정하겠습니다!"

"좋아요! 아주 좋아요!"

두 사람은 다시 최적화된 음식물 레이아웃을 짜놓고 게임에 빠져들었다.

* * *

이른 아침, 화수는 혼자서 밥을 먹고 있는 리처드를 발견했다.

"왜 혼자서 밥을 먹고 있어?"

그는 고개를 가로저었다.

"녀석이 집에 들어오지 않았거든요."

"로이드가? 술 마셨나?"

"아니요. 놈의 버릇이 또 도진 것이지요."

"버릇?"

"게임 말입니다."

"게임?"

"모르셨습니까? 로이드는 게임 폐인입니다. 한번 컴퓨터를 잡으면 미친 듯이 집중해서 아예 일어날 생각을 하지 않지요. 조직에서 간부가 된 순간부터는 아예 사람까지 고용해서 캐릭터를 운용한다고 하더군요."

"허, 허어……."

리처드는 넌덜머리가 난다는 듯이 한숨을 내쉬었다.

"후우, 이제는 개발이사까지 꿰어내 게임을 즐긴다고 하더군요."

"차, 찬미 씨를?"

"저번에 형님이 두 사람을 일본 투어 내보냈을 때 서로의 게임 중독 증상을 발견한 것 같더라고요. 그래서 지금 방까지 구해놓고 게임하고 있답니다."

"별일이군."

그는 신경 쓰기 싫다는 듯이 계속해서 밥을 먹고 있다.

"그냥 내버려 두십시오. 놈은 게임이라는 것을 없애지 않는 한 계속해서 폐인 생활을 할 겁니다."

"그렇군."

화수는 그의 주소를 받아냈다.

"녀석은 지금 어디에 있지?"

"이곳으로 가보십시오."

메모를 받은 화수는 판암동의 한 원룸으로 향했다.

구석진 원룸촌의 단칸방. 겹겹이 쌓여 있는 우편물을 바라본 화수는 고개를 갸웃거렸다.

"사람이 있다고 한 것 같은데……."

그는 무심코 원룸의 문을 열었는데, 시큼한 식초 냄새가 진동했다.

"으윽!"

문을 연 화수는 게임에 빠져 있는 두 사람을 발견했다.

"버프! 사부님, 버프!"

"알겠습니다! 옆에 적이 쳐들어옵니다! 막아요!"

"네!"

두 사람은 지금 전쟁을 벌이고 있었는데, 한참 중요한 순간인 것 같았다.

화수는 자신이 들어온 것도 모르고 게임을 즐기는 두 사람을 바라보며 한숨을 내쉬었다.

"완전 폐인이 따로 없군."

이대로는 안 되겠다 싶은 화수는 이 두 사람을 구제할 수 있는 계획을 짰다.

*　　*　　*

로이드가 그녀를 게임의 세계로 인도하고 난 지 일주일.

두 사람은 부족한 수면 때문에 다크서클이 턱 밑까지 내려온 상태였다.

하지만 두 사람은 여전히 게임에 미쳐 있었다.

몇 시간 쪽잠을 자고 자리에서 일어선 두 사람은 여느 때와 다름없이 게임에 접속했다.

평소와 같이 과자를 세팅하던 찬미는 로이드의 비명 소리에 고개를 돌렸다.

"크아아아아아악!"

"왜, 왜 그러세요?"

"이것 좀 보십시오!"

[서비스 중단. 회사 운영상의 사정으로 게임을 폐기합니다. 현금으로 구매한 아이템은 다시 보상할 예정이며…….]

로이드는 머리를 부여잡았다.

"게, 게임이… 게임이……!"

그녀 또한 같은 표정이다.

"말도 안 돼! 이건 꿈이야! 꿈이라고!"

고통에 몸부림치던 로이드가 자리를 박차고 일어섰다.

"이럴 수는 없습니다! 당장 회사에 찾아가야겠어요!"

"같이 가요!"

두 사람은 대충 외투를 챙겨 입고 서울로 향했다.

서울 강서구에 위치한 게임회사 텍트 플라이는 바로 어제 인수합병으로 게임 운영권을 타 기업에 넘긴 상태였다.

주식을 모두 매집한 사람은 베트남 계열 사업가라고 알려져 있을 뿐 정체를 알 수 없었다.

로이드는 굳게 닫혀 있는 텍트 플라이의 문을 두드렸다.

쿵쿵쿵!

"이봐요! 문을 좀 열어봐요!"

이윽고 그 주변을 지나가던 회사의 관계자가 로이드를 발견했다.

"무슨 일이시죠?"

"관계자입니까?"

"예, 그렇습니다만……."

순간, 로이드가 그의 멱살을 잡았다.

"이런 개새끼!"

"왜, 왜 이러세요?!"

"왜 이러긴! 몰라서 물어?!"

로이드는 그의 안면을 후려치려 주먹을 말아 쥐었다.

하지만 그의 주먹은 관계자를 치지 못했다.

"그만해라."

"혀, 형님?!"

주먹을 날리려는 로이드를 화수가 만류한 것이다.

"형님이 여긴 어쩐 일로……?"

"어쩐 일이긴, 이제부터 내가 이곳의 대주주인데 당연히 올 수 있지."

"서, 설마……."

화수는 울먹거리는 두 사람을 바라보며 말했다.

"그래, 내가 이곳의 대주주이자 대표이사야. 두 사람이 하도 게임에 빠져 있기에 아예 게임회사를 인수해서 폐기시켜 버렸지."

"아, 안 됩니다!"

"흑흑, 사부님!"

그는 눈물을 뿌리는 두 사람에게 물었다.

"그렇게 게임이 좋아? 그래요?"

"네!"

"그럼 이렇게 합시다."

"어떻게 말입니까?"

"내가 지정한 게임 시간을 넘기지 않는 겁니다. 이를테면 주말이 아니면 게임을 못하는 등의 제한을 두는 것이지요."

"그, 그건……."

"결정해요. 게임회사를 아예 폐업시키든지 게임을 계속하든지."

로이드와 찬미는 서로를 바라보며 갈등의 눈빛을 교환했다.

그러다 두 사람은 결국 화수를 따르기로 한다.

"…그렇게 하겠습니다."

"정말이지?"

"물론입니다."

화수는 그제야 게임을 재개하기로 했다.

"강 이사님?"

"예, 사장님."

"게임을 재개하세요. 직원들도 당장 이틀 후부터 다시 출근시키시고요."

"네, 알겠습니다."

화수는 무릎을 꿇고 앉은 두 사람을 바라보며 실소를 흘렸다.

"그렇게 게임이 좋아요?"

"네!"

"거참."

"그럼 저희는 게임할 준비를 해도 되는 겁니까? 오늘은 주말이니……."

"그래, 그래라."

"감사합니다!"

이내 자리에서 일어선 두 사람은 다시 어깨동무를 하고 대전으로 향했다.

7장

실종

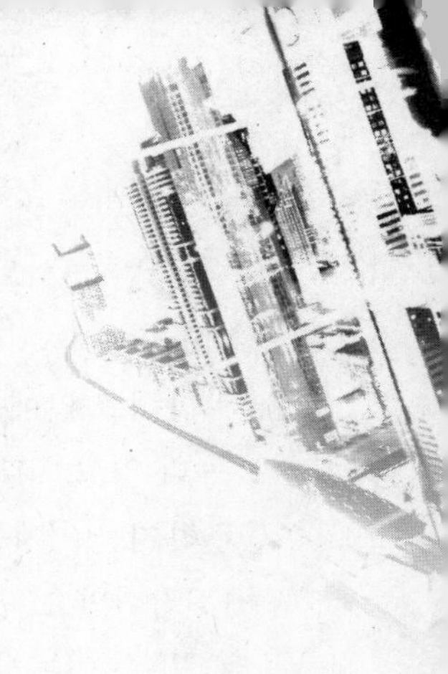

비록 족욕기로 시작되긴 했지만 화수와 안젤리나의 인연은 생각보다 깊어질 듯했다.

그녀는 화수의 제안대로 동남아시아 순회공연 전에 가진 기자회견에서 화수가 만든 퍼펙트를 타고 등장했다.

슈퍼스타가 타기엔 아직 인지도 면에서 상당히 뒤떨어지는 퍼펙트가 TV에 나온다는 것 자체가 화수에겐 상당히 의미 있는 일이었다.

찰칵찰칵!

기자회견에서 그녀는 이번 콘서트의 의미와 개요에 대해서 설명했다.

"이번 콘서트는 결식아동을 돕기 위한 자선콘서트로 열리며……."

마이크 앞에 앉은 그녀는 마이클이 준비해 준 연설문을 모두 다 읽고 이내 자리에서 일어서려 했다.

하지만 기자들이 그녀에게 다시 한 번 질문을 던졌다.

"잠깐만요, 안젤리나 씨."

"무슨 일이시죠?"

"오늘 이곳으로 오는 길에 이용하신 차를 봤습니다. 벤은 어떻게 하고 그런 차를 타고 오신 거지요?"

기자의 뜬금없는 질문에 그녀는 어깨를 으쓱거린다.

"글쎄요. 성능이 좋다 하여 한 대 구매했습니다."

"그 차가 한국계 베트남 기업에서 만든 차라는 것은 알고 있습니까?"

조금은 공격적으로 보일 수도 있는 질문에 그녀는 아주 자연스럽게 답했다.

"저는 이 세상의 무엇도 겉모습만으로 모든 것을 판단할 수는 없다고 생각합니다. 그래서 물건을 고를 때도 그렇게 고르고요. 이만하면 답변이 되었겠지요?"

"네, 감사합니다."

이윽고 그녀는 돌아서서 기자회장을 나섰고, 기자들은 앞다투어 그녀를 찍어댔다.

그리고 마지막으로 회장을 떠날 때 타고 간 퍼펙트도 무작

위로 찍어댔다.

찰칵찰칵!

현지 언론은 물론이고 외신까지 잔뜩 몰린 기자회장에서 퍼펙트를 광고한다는 것은 상당히 영향력 있는 일이다.

화수는 그런 기회를 족욕기 덕분에 잡게 된 것이다.

* * *

기자회견이 끝나고 난 후 그녀는 화수에게 전화를 걸었다.

"됐죠? 이제 약속대로 목욕탕을 선물해 주는 거지요?"

—물론입니다. 제가 조만간 그쪽으로 가서 목욕탕을 어떻게 설치하고 철거하는 것인지…….

"약속은 약속이죠. 어서 빨리 이곳으로 와서 물건을 넘겨주세요."

그녀는 특정 물건을 자신이 홍보하는 것을 극도로 꺼리는 경향이 있다. 그럼에도 불구하고 이렇게 간접 광고를 한 것은 엄청 이례적인 일이었다.

자신만의 틀을 깨면서까지 그녀가 이런 일을 한 것은 순전히 목욕탕에 몸을 담그고 싶었기 때문이다.

—저도 스케줄이라는 것이 있어서…….

"그런 것 나는 잘 몰라요. 약속은 약속이니까 빨리 와줘요."

—하지만…….

"안 오면 이 차에 문제가 많다고 소문을 내는 수가 있어요?"

어지간해선 떼를 쓰는 일이 없는 그녀가 화수에게 이렇게까지 떼를 쓰는 것은 어느 정도 자존심을 버렸다고 볼 수 있었다.

슈퍼스타로서 콧대가 높은 그녀는 아니지만 여자로서 자존심이 상당히 높은 그녀가 이렇게까지 행동하는 것은 있을 수 없는 일이었다.

곁에서 통화 내용을 듣고 있던 마이클이 혀를 내둘렀다.

"그렇게 목욕이 좋아?"

"그건 당신이 아직까지 이 족욕기를 써보지 않아서 그런 거야."

"으음, 그래?"

이윽고 수화기 너머로 화수의 대답이 들려왔다.

—좋습니다. 내일까지 하노이로 욕탕을 가지고 가지요.

"저, 정말요? 몇 시까지요?"

—확답은 못 드리겠습니다만, 적어도 오후 다섯 시까진 가겠습니다.

"좋아요. 만약 일분일초라도 늦으면 국물도 없을 줄 알아요."

—물론이지요.

전화를 끊은 그녀는 이내 만족스러운 표정을 지었다.

"후후, 좋아."

마이클은 그런 그녀를 바라보며 미소를 지었다.

"그래, 네가 좋으면 나도 좋다."

두 사람은 남은 스케줄을 소화하기 위해 바쁘게 차를 몰았다.

하지만 이내 그녀가 탄 차는 앞뒤로 달려드는 승합차에 갇히고 말았다.

부아아아앙!

"뭐, 뭐야?!"

퍼엉!

"크헉!"

"꺄악!"

머리가 흔들릴 정도로 극심한 타격을 받은 그녀는 정신을 잃어버렸고, 마이클은 가까스로 정신줄을 잡았다.

"이, 이런 미친 자식들을 봤나!"

화가 머리끝까지 난 마이클이 차에서 내리려 창밖을 바라보는 순간, 그는 재빨리 잠금 버튼을 눌렀다.

철컥!

승합차에서 내린 괴한들이 하나같이 권총을 들고 있었던 것이다.

"이런 빌어먹을!"

그는 숨을 죽이고 상황을 지켜보다 이내 차에 시동을 걸었다.

부아아아앙!

화수가 만든 자동차의 강판이 워낙에 단단해서 이 정도 충격에 차가 완파되지는 않았다.

다행히도 시동은 걸렸고, 그는 괴한들에게서 벗어나기 위해 가속 페달을 밟았다.

위이이이이이잉!

엄청난 엔진의 출력이 빛을 발하는 듯 주변에 엄청난 연기를 만들어냈다.

그리고 퍼펙트는 빠르게 가속하여 사고 현장을 빠져나가기 시작했다.

"이런 빌어먹을! 잡아!"

"예!"

모두 검은색 양복을 입고 있는 서양인들을 바라보는 마이클의 표정이 심상치가 않았다.

"서, 설마……?!"

정신을 잃은 그녀와 괴한들을 번갈아보던 그는 더 이상 생각할 시간도 없다는 듯이 차를 몰았다.

부아아아앙!

"그래, 일단 이곳을 빠져나가고 볼 일이다."

그는 권총을 든 사내들을 피해 하노이 시가지로 나갔다.

*　*　*

이른 아침, 이수자원에서 완성시킨 간이목욕탕을 정성스럽게 포장한 화수는 베트남 하노이로 향했다.

이제 곧 그녀가 동남아 순회공연을 하기 시작하기 때문에 그 걸음이 조금 더 조심스러운 화수다.

그는 마이클에게 전화를 걸었다.

—뚜우…….

전화를 걸면 2초 안에 수화기를 드는 그가 전화를 받지 않는다는 것이 조금 이상했다.

무려 20초가 지나도 전화를 받지 않자 화수의 고개가 자연스럽게 좌로 살짝 꺾였다.

"어라? 무슨 일 있나?"

사람을 하노이까지 불러놓고 잠적할 이들은 아니기에 화수는 조금 더 의아한 생각을 가질 수밖에 없었다.

그는 두 사람과 만나기로 한 하노이 카이나 호텔 앞에 차를 대놓고 그들을 기다리기로 했다.

하지만 한 시간을 기다려도 그들은 나타나지 않는다.

"…이상하군."

이쯤 되면 그들이 일부러 화수를 피하거나 아니면 무슨 일이 생겼다고밖에 설명할 길이 없었다.

그는 이후의 스케줄이 있을 것이라던 하노이의 공연장으로 전화를 걸었다.

총 1만 5천 명이 운집하게 될 공연장은 한창 준비로 바쁠 때였지만, 분명 그녀가 도착했다면 작업이 잠시 멈추었을 것이다.

—네, 하루스 엔터테인먼트입니다.

"안녕하십니까? 여기는 한국의 이수자원이라고 합니다."

—예, 그런데요?

"오늘 안젤리나 씨가 저희 회사에서 제품을 구매하시고 직접 면담까지 하기로 하셨는데 매니저께서 전화를 안 받으셔서 이쪽으로 전화를 드려봤습니다. 혹시 그곳에 계신가 하고요."

—저희도 그것 때문에 아주 죽겠습니다. 공연 플롯을 짜야 하는데 당사자들이 오지 않으니 미칠 노릇입니다.

순간, 화수는 뭔가 일이 벌어졌다는 것을 직감했다.

"혹시 그곳까지 가는 길에 교통 체증이 있나요?"

—아마 그럴 리는 없을 텐데요. 지금은 차도 그다지 많지 않을 시간이잖습니까.

"으음."

도대체 무슨 일이 생겼나 싶은 화수에게 웬 청년들이 다가왔다.

"강화수 씨입니까?"

검은색 양복을 입은 사내는 총 다섯 명이었는데 모두들 서양에서 온 사람들인 듯했다.

게다가 키는 2미터가 훨씬 넘는 엄청난 거구라서 햇빛마저 가릴 정도이다.

"무슨 일이시죠?"

처음 보는 사람들이 화수의 이름은 안다는 것은 상당히 의외이지만, 비즈니스 잡지를 본다면 아주 확률이 없는 것은 아니다.

하지만 지금의 이 상황으로 마뤄본다면 결코 좋은 일로 찾아온 것은 아닌 것 같았다.

"같이 좀 가시죠."

"같이 가다니요?"

"와보시면 압니다."

그들은 화수를 승합차에 억지로 태우려고 힘을 썼지만, 자신의 신체에 이미 상당수의 마나코어를 장착한 화수를 제압할 수는 없었다.

부웅!

"크헉!"

소드마스터인 화수를 맨손으로 제압한다는 것은 거의 불가능에 가까운 일이다.

마치 총으로 두개골을 꿰뚫지 않는 이상 불가능할 것이다.

자신의 어깨를 잡는 괴한의 멱살을 쥐어 패대기친 화수가 나머지 네 명을 바라보며 물었다.

"이런 미친놈들, 도대체 뭐 하는 놈들이기에 대낮에 사람을 납치하려는 것이지?"

"자세한 것은 함께 가서 애기하면 될 일!"

그들은 재차 화수를 덮치기 위해 손을 써왔지만 역시나 화수를 제압할 수는 없을 듯했다.

퍼퍽!

"컥!"

화수의 주먹이 사내의 명치를 가격했고, 남은 세 사람은 그 바람에 동선이 꼬이고 말았다.

스륵, 퍽!

"크헉!"

그 찰나의 틈을 탄 화수는 동시에 두 명의 목덜미에 짧게 펀치를 날렸다.

퍽퍽!

"쿨럭쿨럭!"

그들은 목젖을 맞았으니 당분간 일어설 일이 없을 테고, 이제 남은 사람은 두 명이다.

화수는 그중 한 명의 늑골을 발로 걷어차 버린다.

빠악!

"크헛!"

그리고 그는 남은 한 사내의 목덜미를 손으로 낚아챘다.

꽈득!

"커, 컥!"

"이런 미친 새끼들, 일억 만 리 먼 길을 날아와 객사하고 싶은 모양이군. 어디서 온 놈들이냐?"

비록 화수에게 단 일격에 제압되긴 했지만 그들의 기세 또한 만만치가 않았다.

"흥! 우리를 건드리고도 살아남을 수 있을 것 같은가?!"

화수에게 마구 으름장을 놓고 있지만 무력으로서 화수를 협박한다는 것은 어불성설이었다.

"아무래도 다른 놈들을 병신으로 만들고 나면 정신을 차릴 모양이군."

그는 당사자인 사내를 두고 바닥에 널브러져 있는 사내들에게 다가섰다.

그리곤 처음으로 보이는 사내의 입을 벌렸다.

"아, 아아! 아아아아!"

쩍 벌어진 입 사이로 손가락을 집어넣은 화수는 안쪽 어금니를 뽑아냈다.

뚜두두둑!

"크, 크아아아악! 크아아아악!"

생니를 마취도 없이 뽑아낸다는 것은 상상을 초월하는 고통이다.

순식간에 얼굴이 창백해진 그를 바라보며 화수가 물었다.

"어때? 죽을 것 같지?"

"이, 이런 미친 새끼를 보았나?!"

"그래, 나 미쳤다. 그래서 넌 오늘 저 녀석 때문에 죽을 거야. 내가 미쳐서 저놈에게 받아낼 말 대신 네놈의 이로 받을 것이거든."

"뭐, 뭐라고?!"

화수는 이내 다시 한 번 괴한의 얼굴을 바라보았다.

"다시 한 번 묻지. 넌 어디에서 온 누구냐?"

목덜미를 지나는 혈맥에 마나코어로 만든 독침을 주사한 화수는 그의 몸이 서서히 굳어가도록 했다.

이것은 전쟁에서 포로를 고문하던 때에 사용하던 방법으로 몸은 움직일 수 없지만 의사 표현은 가능했다.

그런 그의 앞에서 동료의 생니를 뽑아내는 것은 상상을 초월하는 공포를 동반하게 될 것이다.

피가 자꾸만 솟구쳐서 어찌할 바를 모르고 있는 동료를 바라보는 그의 눈동자가 흔들린다.

"그, 그건……."

이번에도 아무런 대답이 없자 그는 또 다른 이를 뽑았다.

"대답하기 싫어? 그럼 어쩔 수 없지."

뚜두두둑!

"크아아악! 크아악!"

이가 뽑힌 사내는 말을 할 수 없는 구금 마법에 걸려 있어

입을 열지 못하는 상태다.

화수가 굳이 이렇게까지 겁을 주는 이유는 단순히 제대로 된 대답을 받아내기 위함이었다.

동료가 다 죽어가고서야 그는 입을 열었다.

"우리는 제노베세에서 왔다."

순간, 화수는 고개를 갸웃거렸다.

"마피아인가?"

"그렇다. 우리는 미국에서 건너온 마피아다."

화수가 듣기로 제노베세는 미국 마약 유통의 대부로서 그 악명이 높다고 했다.

그런 그들이 도대체 왜 화수를 잡으러 온 것일까?

"나를 잡아서 뭘 어쩌려는 것이었지?"

"우리는 그저 보스의 명령을 받아서……."

그는 말도 못하고 누워 있는 사내의 입을 다시 한 번 벌렸다.

"이번엔 빠져나간 이빨에 염산을 부을 거다. 똑바로 말해."

화수가 손가락에 마력을 집중시키자 손가락 끝에 녹색 액체가 맺혔다.

이것은 궁극의 독극 마법인 포이즌시드의 하위 마법으로 살을 녹여 버리는 염산이 생성된다.

만약 이것이 신체에 들어간다면 아주 끔찍한 일이 벌어지게 될 것이다.

치이이익!

그의 손가락에서 염산이 사내의 옷에 떨어지자 그는 공포에 떨며 몸을 흔들었다.

"우웁, 우웁!"

아마도 모든 것을 사실대로 말하려는 것 같았다.

"…네가 안젤리나에게 차를 협찬해 주었다는 사실을 알고 왔다. 우리는 네놈을 잡아서 그녀에 대한 정보를 얻어내려 했다. 그뿐이다."

"그것 때문에 납치를 결행한 것이다?"

"내가 아는 한은 그렇다."

아무래도 그의 얘기는 거짓이 아닌 것 같았고, 이들은 그녀와 이해관계가 얽혀 있음이 분명했다.

화수는 쓰러져 있는 사내들을 뒤로하고 입을 연 사내만 자신의 차에 태웠다.

"어차피 네놈을 납치한다고 해도 큰 문제는 안 되겠지? 네가 나를 납치하려고 했으니 이건 정당방위야."

"이, 이런 미친……!"

전쟁에서 잔뼈가 굵은 화수에게 잔인함이란 상당히 익숙한 단어다.

만약 그가 마음만 먹으면 일반인은 평생 정신병자로 만들 수 있었다.

"네놈은 쓸데가 많겠어. 일단 따라오라고."

"자, 잠깐!"

화수에 의해 마비된 네 사람은 그저 그가 끌려가는 것을 지켜볼 수밖에 없었다.

* * *

늦은 밤, 베트남의 한적한 도로를 달리는 중형차의 바퀴가 흔들리고 있다.

쿠그그그그그!

무려 50발이나 되는 총격에도 꿋꿋하게 버틴 자동차는 이제 곧 그 생명이 다할 것으로 보였다.

운전대를 잡은 마이클은 무려 500㎞를 넘게 운전하면서 기름이 떨어지지 않는 것이 믿을 수가 없었다.

"연비가 좋다고 하더니 정말인 모양이군."

아직까지 거뜬히 운행할 수 있다고 나오는 계기판을 바라보니 조금은 안심이 되었다.

하지만 문제는 주변 부품이 버텨줄 수 있을지에 대한 것이다.

"답답하게 되었군."

안젤리나는 머리를 부딪쳐 정신을 잃었다가 방금 전 눈을 떴다. 이 모든 것이 자신 때문에 일어났다고 생각했다.

"이건 다 나 때문에 일어난 일이야."

하지만 마이클은 고개를 가로저었다.

"그런 소리는 하지도 마. 너 때문에 일어난 일이라니, 네가 무슨 잘못이라고?"

"내가 어려서 너무 막 살아와서……."

그는 고개를 가로저었다.

"아니, 아니야. 그런 것 아니니 그만해."

마이클은 이 세상에서 그 누구보다 그녀에 대해 잘 아는 사람이다.

그녀가 열다섯 살이 되던 해부터 뒤치다꺼리를 해온 그가 안젤리나에 대해 모르는 것이 있을 수 없었다.

"당신도 알고 있잖아. 이 사람들이 왜 이런 미친 짓을 하고 있는지."

"아니야. 아니라고!"

안젤리나는 그를 바라보며 눈물을 글썽거렸다.

"미안해. 나 때문에 가족들까지 고생하고 있잖아."

지금 마이클의 가족은 고향인 오클라호마를 떠나 뉴욕으로 왔다가 다시 다른 곳으로 이사했다.

그것은 모두 그녀와 관련된 사건 때문이었다. 안젤리나는 항상 그에 대해 미안함을 느끼고 있었다.

"그게 왜 네 탓이야? 네 아버지 때문이지."

"하지만 내가 연예인을 그만두었다면……."

"그만, 그만해. 어차피 돌이킬 수 없는 일이야."

서로에 대한 의견이 엇갈리고 있는 바로 그 순간, 마이클의 전화기가 울렸다.

따르르르릉!

사정상 경찰에 전화를 걸지 못하는 상황인지라 그는 전화에 신경을 쓰지 못하고 있었다.

그 탓에 전화가 와서 조금은 놀란 표정이다.

"여보세요?"

—마이클 씨?

"강화수 씨?"

—도대체 어디에 계신 겁니까? 걱정하고 있었잖습니까?

"그게… 얘기하자면 좀 깁니다."

—대충 들었습니다. 어떻게 된 겁니까?

"듣다니요? 뭘 말입니까?"

—지금 상황 말입니다. 제노베세에서 온 히트맨에게 들었습니다.

"서, 설마……!"

—저를 납치하겠다고 왔더군요.

"그, 그래서요? 어떻게 되었습니까? 몸은요?"

—괜찮습니다. 다 제압했거든요.

그녀는 히트맨에게 공격을 받았다는 화수의 소식을 듣자마자 두 손으로 얼굴을 가리고 말았다.

"나, 나 때문이야! 나 때문에……."

하지만 그는 화수의 마지막 말에 포커스를 맞췄다.

"히트맨을 만났는데도 불구하고 다치지 않았단 말입니까?"

—저야말로 설명하자면 좀 깁니다. 지금 제 동생들과 함께 있는데 이쪽으로 오시겠습니까? 저희가 모시지요.

"괜찮겠습니까?"

—괜찮습니다. 그 방면으로 아주 전문가가 한 명 있거든요.

"전문가요?"

—만나보시면 압니다.

화수는 그에게 장소를 알려주었고, 그는 내비게이션을 따라서 차를 몰아갔다.

* * *

베트남 달랏의 한 허름한 산장.

아주 희미한 불빛이 새어 나오고 있었다.

위이이이잉.

낡고 허름한 산장으로 만신창이가 된 차가 한 대 다가와 섰다.

"미행은 없겠지?"

"아까부터 우리 둘이 계속해서 둘러보고 있었잖아. 괜찮을 거야."

이윽고 차에서 내린 마이클이 조수석에 앉아 있는 그녀의 안위를 살폈다.

"괜찮아?"

"응."

아주 희미한 불빛 사이로 비친 안젤리나의 얼굴은 상당히 창백했다. 아마도 아까 받은 충격 때문에 신체 어딘가에 손상을 입은 것 같았다.

두 사람은 서로에게 의지하여 화수가 묵고 있다는 산장까지 간신히 걸어갔다.

똑똑.

"예, 들어오십시오."

화수는 직접 문을 열어주는 대신 그들을 스스로 안으로 들어오게끔 했다. 산장 중앙에는 손발이 모두 묶인 채 앉아 있는 히트맨이 보였다.

그는 히트맨을 감시하느라 두 사람이 들어와도 친히 마중을 나갈 수가 없었던 것이다.

"미안합니다. 내가 지금 상황이 이래서 말이죠."

"괜찮아요."

이윽고 긴장이 풀린 안젤리나가 바닥에 털썩 주저앉았다.

"아아!"

"안젤리나!"

재빨리 그녀를 부축한 마이클이 소파로 데리고 갔다.

"정말 괜찮아?"

"…어차피 병원으로 갈 수도 없는데, 뭐."

지금 이런 상태라면 당연히 병원으로 가는 것이 순서겠지만, 그들은 지금 마피아의 추격을 받고 있는 몸이다.

만약 지금 병원에 갔다간 저격당해 죽거나 칼에 맞아 죽고 말 것이다.

화수는 꽁꽁 묶여 있는 히트맨의 뒤통수를 후려갈겼다.

퍼억!

"크헉!"

그는 지금부터 사정에 대해 설명을 들을 것인데, 이놈이 만약 듣고 있다가 후일에 무슨 벌일지 모르기 때문에 기절시킨 것이다.

"원래 저는 남의 일엔 절대 상관하지 않는다는 것을 신조로 여기는 사람입니다. 하지만 제가 죽을 뻔하고 나니 사정이 궁금할 수밖에 없군요."

그녀는 일단 화수에게 고개를 숙여 보였다.

"미안해요. 이런 일이 생길까 봐 광고 촬영을 하지 않은 것인데……."

마이클이 말끝을 흐리는 그녀를 대신해 말을 이어나갔다.

"제노베세는 안젤리나와 5년 넘게 묵은 원한지간입니다.

그래서 그녀가 광고만 찍으면 그 광고주를 죽이거나 다치게 해서 공포감을 조성하지요. 물론 그곳이 외부로 새어 나가는 일은 없었지만 이미 아는 사람은 다 아는 얘기입니다."

"…또한 나를 도와주는 사람들은 전부 다치거나 협박당해서 일을 그만두었어요. 지금 마이클의 가족도 헝가리에 있는 처가에 머물고 있어요. 거긴 제노베세의 손이 닿지 않거든요."

"한마디로 원한 관계 때문에 당신 주변 사람들을 괴롭힌다는 말이군요?"

"네, 맞아요. 아마도 앞으론 더 많은 사람을 괴롭힐 테고, 난 결국 아무것도 하지 못하는 사람이 되고 말겠죠."

도대체 얼마나 지독한 원한 관계에 놓여야 사람을 이토록 괴롭힐 수 있는 것일까?

그녀는 화수의 의문을 자신이 나서서 풀어주었다.

"사실 내 아버지는 마피아였어요."

순간, 마이클이 그녀의 입을 막았다.

"아, 안젤리나!"

하지만 그녀는 고개를 가로저었다.

"괜찮아. 나 때문에 죽을 뻔한 사람이잖아. 자세한 사정은 알아야지."

"그렇지만……."

그녀는 화수를 바라보며 물었다.

"그 어디에도 발설하지 않을 거죠?"

"남의 사정이라면 어디 가서 말하지 말아야지요. 그게 사람의 도리니까요."

안젤리나는 고개를 끄덕였다.

"고마워요."

"별말씀을."

그녀는 계속해서 말을 이어나갔다.

"어린 시절 아버지는 뉴욕에서 꽤나 악명 높은 마피아였어요. 그래서 나와 엄마는 하루에도 두세 번씩 숙소를 옮겨가면서 살았죠. 그 때문에 나는 열 살이 넘도록 친구라는 것을 사귀어본 적이 없어요. 어렸을 땐 그게 당연하다고 생각하고 그렇게 살아갔죠."

안젤리나는 지갑 속에 있는 어머니의 사진을 꺼내어 보여주었다.

"나랑 똑같이 생겼죠? 우리 엄마는 내 유일한 친구이자 형제이고 선생님이었어요. 한마디로 내 인생의 모든 것이라고 할 수 있었죠."

어머니에 대한 얘기를 꺼내는 그녀의 눈가에 이슬이 맺혔다.

"…하지만 엄마는 내가 열 살이 되자마자 세상을 떠났어요. 아마도 이 답답한 세상을 더 이상 살아갈 자신이 없었나봐요."

"그런 사정이……."

그녀는 눈물을 훔치며 말을 이었다.

"아마 7월의 어느 날이었을 거예요. 학교에서 돌아와 보니 호텔방이 모두 피로 물들어 있더군요. 엄마는 조울증을 앓고 있었는데, 그날따라 극심한 스트레스로 제정신이 아니었던 모양이에요. 커터 칼로 손목을 긋고 그 피로 벽면을 모두 물들여 놓았더군요."

어린 나이에 겪기엔 너무나도 충격적인 일. 그녀는 그 일을 회상하면서 입술을 짓깨물었다.

"그렇게 엄마가 죽고 난 후엔 나도 변했어요. 마피아인 아버지를 믿고 오만방자하게 사고를 치고 다녔죠. 아무리 밖에선 흉악한 사람이라곤 해도 딸에겐 상당히 열성적인 사람이 바로 우리 아버지였거든요."

화수는 물론이고 언론은 화려하고 아름다운 그녀의 얼굴에 가려진 과거에 대해 전혀 알지 못했다.

조금 놀란 화수를 바라보며 그녀가 실소를 흘렸다.

"후후, 놀랐죠? 내가 마피아의 딸이라니."

"뭐… 조금은요."

"하지만 놀랄 일은 지금부터예요."

그녀는 자신의 지갑 속 깊숙한 곳에서 낡은 사진을 한 장 꺼냈다.

이제 막 태어난 갓난아이 사진이다.

"예쁘죠? 딸이에요."

"딸이요?"

"네, 제가 낳은 제 딸이요."

사진에 적힌 날짜로 미뤄볼 때 그녀는 무려 십 년 전에 출산한 것으로 파악된다.

"그렇다는 것은……."

"그래요. 그렇게 막 살아가던 시절에 딸을 낳은 것이죠."

"그럼 아이는 지금 어디에 있습니까?"

그녀는 고개를 가로저었다.

"몰라요. 딱 그 시기에 아버지가 돌아가시는 바람에 딸을 부양할 수 있는 방법이 없었어요. 그래서 영국의 어느 부호에게 입양을 보냈지요. 그 뒤로는 행방을 알 수가 없어요."

"그랬군요."

자신이 어떤 사람인지 자세히 알려준 그녀는 이제 제노베세에 대해 얘기를 꺼냈다.

"엄마가 죽고 나서 5년, 아버지의 악명은 점점 더 높아져만 갔어요. 어머니에게 나누어 주었던 온정을 나에게 쏟고 나면 아주 냉혈한이 되어 사람이 아닌 것처럼 행동했거든요. 그래서 아버지는 마침내 뉴욕 최고의 마피아가 되었어요. 하지만 문제는 그 시점에 일어났지요."

그녀는 그 당시를 회상했다.

"아마 그때도 이렇게 비가 많이 내리고 있었을 거예요. 우리 집으로 한 통의 전화가 걸려왔어요. 그리고 그 전화를 받은 우리 아버지는 충격에 빠진 듯한 표정을 짓더니 이내 권총을 찾아다녔지요."

"심각한 일이 일어났던 모양이지요?"

"언뜻 듣기론 당시 제노베세의 부두목이던 현 두목이 반란을 도모하고 있었다는 내용 같았어요. 그때 저는 워낙 방황하고 다니던 터라 그런 마피아의 생리에 대해 잘 알고 있었죠. 그래서 분위기만 보고서 모든 것을 파악했죠."

안젤리나는 당시를 회상하기 힘든지 연신 고개를 좌우로 흔들어댔다.

"하지만……."

화수는 그런 그녀를 달랬다.

"괜찮아요. 그만 얘기해도 됩니다."

"아, 아니요. 당신도 나와 엮였으니 알 건 알아야죠."

그녀는 힘겹게 말을 이었다.

"아버지는 그를 잡기 위해 집을 나섰고, 난 그때 이미 임신 5개월에 이른 상태였죠. 한참 동안이나 아버지는 집에 돌아오지 않았고, 난 혼자서 병원에서 아이를 낳았어요. 그리고 아이가 태어났을 때쯤엔 아버지의 사망 소식이 함께 들렸어요. 또한 베네노아의 아들도 죽었다고 했죠."

"으음."

"아는 사람을 통해 들은 바론 우리 아버지가 베네노아의 아들을 납치해 죽였고, 그로 인해 분노한 베네노아가 아버지를 찾아다녔다고 해요. 하지만 아버지는 의문사로 돌아가셨고, 그 화살은 고스란히 나에게 돌아왔죠."

그제야 화수는 왜 그녀가 제노베세 같은 대형 범죄 집단에게 쫓기고 있는지 이해할 수 있었다.

"내가 월드스타가 되고 나니 쉽사리 죽이지는 못하겠고 하니 주변인들을 괴롭혀서 지금의 자리에서 끌어내리려는 것 같아요."

"그렇군요. 그런 원한 관계 때문에 상황이 이렇게 되어버린 것이군요."

"경찰에 신고해 봤자 내 위치만 발각되고 주변 사람들만 더 힘들어질 테니 아무것도 할 수가 없었어요. 지금까지 버틴 것도 신기할 정도라고 할까요."

이윽고 그녀는 자신이 낳은 여자아이의 사진을 만지작거리며 말했다.

"심지어 요즘엔 그들이 내 딸을 찾아다닌다고 들었어요. 뉴욕의 모든 입양기관을 죄다 뒤지고 다니면서 불쌍한 내 아이를 잡으려 하고 있지요."

"하지만 아이의 행방은 아무도 모른다고 했잖아요?"

"사람 찾는 것은 이 세상에서 둘째가라면 서러운 그들에게 아이의 행방을 찾는 일이 그렇게 어려운 일일까요?"

"으음."

그녀는 깊은 한숨을 내쉬며 말했다.

"내가 망가지는 것은 괜찮아요. 하지만 나보다 먼저 내 아이를 찾아서 그 아이에게 몹쓸 짓을 할까 봐 그게 걱정이죠."

지금까지 들은 얘기와 현재 상황으로 미뤄볼 땐 이보다 더한 일이 벌어지지 말라는 법이 없었다.

"그들보다 먼저 아이를 찾아내야겠군요."

"그럼 얼마나 좋겠어요."

이들의 사정을 들은 화수는 자신이 직접 움직이는 것이 낫겠다고 생각했다.

"내가 말했지요? 이렇게 어두운 방면으로 전문가가 한 명 있다고요."

"당신의 동생이라는 사람이요?"

"네, 그래요. 아마 녀석이라면 뭔가 수가 있을 겁니다."

화수는 그녀에게 산장의 열쇠를 건넸다.

"여기서 사태가 진정될 때까지 기다리십시오. 제가 한번 일을 수습해 보겠습니다."

"당신이요? 하지만……."

"차라리 내가 움직이는 편이 낫겠어요. 지금 이렇게 우리끼리 산장에 틀어박혀 있다간 추격을 당해요."

마이클은 그런 화수에게 다시 한 번 물었다.

"정말 괜찮겠어요? 상대는 무려 마피아예요."

그는 슬며시 실소를 흘렸다.

"괜찮아요."

이윽고 화수는 로이드와 리처드 등을 찾아 길을 떠났다.

*　　*　　*

뉴욕 센트럴파크.

복잡한 도심 속에 위치한 한적함 때문인지 이른 시간임에도 꽤 많은 사람이 보였다.

그런 센트럴파크의 외곽에 위치한 벤치에 한 중년인이 젊은 여성과 함께 앉아 있었다.

중년인은 지그시 눈을 감고 있었는데 반해 여성은 아주 난감한 표정으로 일관하고 있었다.

"면목 없습니다!"

"…다 잡은 물고기를 놓쳤다? 그것도 눈앞에서?"

"죄송합니다."

그는 고개를 가로저었다.

"아니, 과정은 중요치 않다. 어차피 넌 끝까지 그년을 추적해서 잡아낼 것 아니냐?"

"예, 보스."

누가 보아도 그녀의 상황이 무척이나 급박하다는 것은 익히 알 수 있을 정도였고, 중년인은 더 이상 그녀를 질책하지 않으려는 듯했다.

"이만 돌아가라."

"감사합니다."

"하지만 이것 하나만은 명심해라. 이 세상은 오로지 결과로만 말할 뿐이라는 것."

"명심하겠습니다."

중년인은 자리에서 일어나 자신의 연배와 비슷한 사람들이 모여 있는 체스판으로 걸음을 옮겼다.

그러면서 어딘가로 전화를 걸었다.

"꼬맹이는 찾았나?"

—예, 보스.

"어디에 있다던가?"

—지금 남아공에 있다고 합니다.

"남아공?"

—예, 영국에서 남아공으로 입양을 간 것 같습니다.

"입양을 보냈는데 또다시 입양을 갔다?"

—그 집 주인이 암에 걸려서 죽었다고 하더군요. 다시 입양을 간 곳은 집주인의 동생 집이랍니다.

그는 고개를 가로저었다.

"거참, 기구한 운명이군."

—어쩔까요? 잡아올까요?

잠시 고민하던 그가 고개를 가로저었다.

"아니다. 그냥 놓아두어라. 대신 지금의 모습을 사진으로 담아서 보내도록."

—예, 보스.

이윽고 전화를 끊은 그는 체스를 하고 있는 공원 안쪽으로 향했다.

요즘 그는 직장인들이 회사를 끝내고 모이는 체스판을 다닌다. 오늘은 주말이라서 이른 시간임에도 꽤 많은 사람이 자리하고 있었다.

총 열 개의 테이블로 이뤄진 체스판은 담배나 적당한 돈을 걸고 내기를 할 수 있도록 룰이 정해져 있었다.

경기가 끝나면 승자들끼리 돈을 모아서 맥주 파티를 즐기곤 했다. 어차피 술을 마시다 보면 게임에서 이긴 사람도 돈을 내게 되어 있었다.

한마디로 이곳은 일상에 지친 아버지들이 모여 체스와 함께 맥주를 마시는 사교의 장이었다.

그는 체스판 가장 중앙에 자리를 잡았다.

그런 그에게 한 청년이 다가오더니 이내 함께 자리를 잡았다.

"일은 잘되어 가십니까?"

중년인은 고개를 가로저었다.

"뭐, 그럭저럭 그렇지, 뭐."

"후후, 하긴, 그 일이 다 그렇지요."

두 사람은 꽤나 오래도록 체스를 둔 사이인지 아주 익숙하게 말을 놓고 판을 짰다.

"제 동생은 언제쯤 볼 수 있을까요?"

체스를 먼저 두는 사람은 청년이고, 중년인은 그를 따라서 말을 놓았다.

"조만간 얼굴을 볼 수 있을 테니 너무 걱정하지 말게."

"정말이시죠?"

"물론."

"그리고 그 조건도 아직 동일하지요?"

"당연하지."

청년은 만족스러운 미소를 지었다.

두 번째 턴이 돌아올 즈음 중년인이 고개를 가로저으며 말했다.

"나 역시 이 세계에 발을 들인 지가 꽤 되었지만 형제를 잡아먹는 일은 거의 없는데 말이야. 자네는 조금 다른 모양이군."

그는 슬그머니 미소를 지었다.

"원래 뻐꾸기는 남의 둥지에 있는 새끼와 알을 모두 밀어내고 살아남는 법입니다. 제가 그렇지요."

"하긴 이 세상의 모든 사람이 살아가는 방법이 같을 수는 없지."

두 사람은 계속해서 대국을 이어나갔다.

*　　*　　*

로이드는 제노베세라는 말에 일단 양쪽 미간을 일그러뜨렸다.

"으음, 골통이란 골통은 죄다 모인 집단이 바로 제노베세입니다. 골치 아프게 되었군요."

"그렇게 질이 좋지 않나?"

리처드와 로이드는 고개를 가로저었다.

"저나 리처드나 나쁜 짓이란 나쁜 짓은 다 하고 다녔어도 그들처럼 돈에 미쳐서 살지는 않았습니다. 놈들은 돈이 되는 일이라면 무슨 짓이든 다 하지요. 장기 밀매부터 마약 밀매, 심지어는 소년소녀 매춘도 합니다. 인간도 아니죠."

"마치 동남아시아 해적을 보는 것 같군."

"듣기로는 보스가 한번 바뀌고 나서 그렇게 된 모양이더군요."

아마도 베네노아의 반란 이후를 말하는 것 같았다.

"아무튼 쓰레기 집합소와 같달까요?"

"국적만 다르지 하는 짓은 놈들과 별반 다를 것이 없는 놈들입니다."

"이건 그저 노파심에서 드리는 말씀입니다만, 정말 재수가 없었습니다. 하필이면 제노베세라니……."

세 사람이 모여 있는 술집으로 맥스가 들어섰다.

그는 흠뻑 젖은 우산을 술집 구석에 대충 걸어놓고는 급하게 걸음을 옮겼다.

"여기들 있었군."

그러다 그는 리처드를 보곤 이내 몸을 살짝 떨었다.

"자, 자네도 있었나?"

그는 특유의 차가운 표정을 지었다.

"뭐야? 내가 있어서 불만이야?"

"아, 아니, 그런 것은 아니고……."

화수는 두 사람을 바라보며 고개를 갸웃거렸다.

"왜 저래?"

로이드는 슬그머니 미소를 지었다.

"그런 일이 있습니다. 추후에 술자리에서 말씀드리지요."

"그래?"

지금 중요한 것은 둘 사이가 아니기 때문에 화수는 그들에게서 시선을 뗐다.

"아무튼 지금 돌아가는 판이 어떻게 되었습니까?"

맥스는 자신이 알아본 것에 대해 설명했다.

"제노베세의 보스 베네노아가 신흥 조직과 손을 잡는다는 소식이 있어요."

"지금 그것과 이 사건이 무슨 연관이 있습니까?"

"평소대로라면 별 상관이 없겠지만 그 신흥 조직을 이끄는 리더가 누구인가에 따라 얘기가 달라지죠."

리처드는 답답한 듯 그를 노려보았다.

"말을 빙글빙글 돌리지 마라. 모가지를 확 돌려 버리기 전에."

"아, 알겠어."

그는 신흥 조직에 대해서도 설명했다.

"조직의 이름은 실베라, 보스는 덴이라는 자입니다. 이 덴이라는 자는 원래 이탈리아 고아원에서 자라난 사내인데, 어려서 카린슨이라는 사람에게 입양되었다고 합니다."

순간, 화수는 고개를 갸웃거렸다.

"카린슨이라면……."

"그래요. 안젤리나의 아버지입니다. 그러니까 이 사람은 안젤리나의 양오빠가 되는 것이지요."

화수는 이해할 수 없다는 듯 물었다.

"아니, 양오빠라는 사람이 왜 적과 손을 잡아요?"

"추정하기로는 재산 때문으로 보입니다."

"재산?"

"전대 보스 스튜 카린슨의 재산 목록에 창고가 많습니다. 그 창고에는 마약을 비롯한 총기류가 상당수 보관되어 있는데, 그 소유권이 고스란히 친자인 안젤리나에게 돌아갔지요."

"그러니까 조직의 기반이 모두 그녀에게 넘어갔다는 소리군요?"

"네, 맞습니다. 그러니 그녀를 잡으려 혈안이 되어 있겠지요. 그녀만 죽으면 남은 재산은 고스란히 그에게 돌아올 테니까요."

"…역겨운 자식이네."

이윽고 맥스는 그들의 관계에 대해 설명했다.

"베네노아와 덴은 벌써 3년 넘게 손을 잡고 있습니다. 그 이유도 지금 설명한 것과 같지요. 그동안 덴은 베네노아에게서 원조를 받으며 세력을 키웠습니다. 추후에 재산을 상속 받으면 일부 지분을 넘기겠다는 조건하에 말입니다."

"양아버지의 딸을 죽여서 조직의 기반을 다지겠다?"

"아마도 그는 애초에 그런 목적으로 양자가 된 모양입니다."

"아버지를 움직여서 조직의 일인자가 되는 것 말입니까?"

"덴은 이탈리아 마피아 소피아드에서 소년단장으로 있었던 사람입니다. 야심이 크고 자존심이 세지요. 그가 이름을 버리면서까지 다른 가문에 들어갔을 땐 그만한 각오는 했을 겁니다."

"무서운 놈이군요."

"이건 제 생각입니다만, 놈이 조직 안에서 일어난 모든 일을 꾸몄을 수도 있습니다."

화수는 고개를 가로저었다.

"기껏해야 이제 30대 초반인 사람입니다. 그 당시엔 20대

초반에 불과했단 말이죠."

"그거야 모르는 일이죠. 세상엔 특정 부분에서 특출한 재능을 보이는 사람도 많습니다. 그놈이 그럴지도 모르죠."

"허참……."

만약 그가 정말로 모든 일을 꾸몄다면 상당히 끔찍한 일이 아닐 수 없었다.

"아무튼 안젤리나가 입양을 보냈다는 아이는 남아공으로 간 것 같습니다."

"남아공? 그렇게 멀리 갔단 말입니까?"

"영국에서 연필공장을 하던 남자에게 입양을 갔지만, 그가 지병으로 사망하면서 돌봐줄 사람이 없어졌거든요. 지금은 양고모의 집으로 갔다고 들었습니다."

"그럼 우리가 먼저 가서 그 아이를 데려와야겠군요."

맥스는 고개를 가로저었다.

"하지만 그 이상 이 일에 끼어들면 판이 너무 커집니다."

"그렇다고 두고 볼 수만은 없지 않습니까?"

그는 황급히 자리에서 일어섰다.

"아무튼 저는 이만 물러갑니다. 그럼."

가만히 상황을 지켜보고 있던 리처드가 그의 어깨를 잡았다.

"잠깐, 가기 어딜 가?"

"리, 리처드, 그, 그게 그러니까……."

"죽고 싶냐? 앉아."

"하, 하지만……."

"앉아."

단호한 그의 한마디에 맥스의 온몸이 얼어붙은 듯 딱딱하게 고정됐다.

그리고 맥스는 리처드에게 두 손을 비비며 말했다.

"제발, 제발 이러지 말자. 제노베세가 어떤 조직인지 너도 잘 알고 있잖아?"

"알지. 그러니까 네가 필요하다는 거 아니야."

"그, 그렇지만……."

그는 맥스의 팔을 붙잡은 채 말했다.

"선택해라. 여기서 죽든지 거기서 죽든지."

"그, 그건 어디서 죽으나 죽긴 죽는다는……."

"또 아나? 내 줄을 잡았다가 살아남을지도."

평소와 같으면 그를 만류했겠지만 화수는 끝내 그를 말리지 않았다.

약 5분간의 정적, 맥스는 드디어 마음을 정한 듯이 말했다.

"그럼 나는 정보만 제공할 뿐 아무런 행동도 하지 않겠어. 그 정도는 가능하겠지?"

"물론."

그제야 팔을 놓아주는 리처드. 하지만 여전히 그의 표정은 냉랭하기만 했다.

화수는 아주 조용히 로이드에게 물었다.

"저 둘은 도대체 무슨 관계야?"

그가 실소를 흘린다.

"뭔가 조금 꼬인 주종 관계라고나 할까요?"

"주종?"

척 보기에도 맥스는 리처드의 수하 격으로 살아온 모양이다.

그때의 노예근성이 몸에 배어 있는 것인지, 아님 뭔가 잘못한 것인지는 알 수가 없었다.

"아무튼 일이 조금은 쉽게 풀릴 것 같군요."

"그러게 말이야."

이윽고 맥스는 어디론가 전화를 걸어 정보를 수집하기 시작했다.

* * *

화수는 맥스에게서 들은 소식에 대해 설명했다.

그러자 그녀가 노발대발하며 소리쳤다.

"이런 빌어먹을 자식! 아빠의 재산 때문에 두 사람을……?!"

"그 덴이라는 사람과는 어떤 관계입니까?"

그녀는 가까스로 화를 가라앉히고 말을 이었다.

"주변에서 애칭으로 데니라고 불렀는데 성격이 생각보다 좋았어요. 하지만 워낙 탐욕스러워서 그 성정이 가끔씩 드러나곤 했죠."

안젤리나는 그의 집안에 왜 양자가 들어왔는지에 대해 설명했다.

"원래 마피아는 모계사회가 아니기 때문에 여자가 조직을 이을 수 없어요. 그래서 집안에 남자가 하나씩은 꼭 있어야 하죠. 마피아 자체가 가문 중심으로 돌아가기 때문인데 그 때문인지 몰라도 마피아계는 무척이나 보수적이고 가부장적이에요. 이를테면 남자들만의 세계라고나 할까요?"

세상의 그 어떤 폭력조직이라도 여자가 보스가 되지 말라는 법은 없었다.

하지만 계보가 상당히 체계적인 마피아의 세계에선 여자가 두령이 되는 것은 상당히 어려운 일이었다.

"그래서 아버지는 이탈리아에서 꽤나 마피아 기질이 다분한 소년을 데려다 키웠어요. 그리고 그가 스무 살이 되던 해엔 그 기질이 절정에 이르렀죠."

그녀는 당시를 회상하며 고개를 연신 가로저었다.

"총질은 기본이고 사람 사지육신을 도륙내서 바다에 집어 던지는 등 잔인한 짓을 매일 일삼고 다녔죠. 그래야 잔악함이 최대한 멀리 퍼질 테니까요."

그는 암흑가에서 자신이 어떻게 살아남아야 할지 이미 파악하고 있었던 것이다.

"죽인 사람의 숫자로 치면 아마 노트 한 권에 다 기재할 수도 없을 거예요. 데니, 아니, 덴은 그런 사람이에요."

"원래부터 양부에 대해 정이 아예 없었던 모양이죠?"

그녀는 작게 고개를 끄덕였다.

"서로 필요에 의해 가족관계를 맺은 사람들이에요. 아버지는 조직을 탄탄히 떠받들 후계자를, 덴은 아버지의 탄탄한 기반이 필요했죠. 어쩌면 서로 바라보는 시각이 달라서 그렇지 지향하는 바는 같았는지도 몰라요."

"필요에 의한 부자라……."

"그러니 지금 저를 죽이려고 쫓아다니는 것도 무리는 아니죠. 나에게 거의 모든 재산이 있으니까요."

스튜 카린슨이 만약 덴 카린슨을 양아들로서 사랑했다면 지금쯤이면 그의 앞으로 상당한 양의 재화가 쌓여 있어야 정상이다.

하지만 덴은 현금이나 펀드를 제외하면 그 어떤 재산도 물려받지 못했다.

그러니까 집안에서 진짜 돈이 되는 물건은 딸에게 모두 몰려 있다는 것이나 마찬가지다.

그녀는 입술을 깨물었다.

"제노베세와의 인연을 끊어버리자면 재산을 다 처분하든지 불태우든지 둘 중에 하나는 해야 하는데 그게 쉽지가 않아요. 워낙 제노베세의 세력이 광범위해서 말이죠."

"으음."

화수는 문득 그 당시에 있었던 일을 떠올렸다.

"이건 만약입니다만, 아버지가 돌아가신 당시에 덴의 영향력이 있었을 가능성은 없나요?"

"충분해요. 차고도 넘치죠. 돈 때문에 사람을 죽이는 일이 비일비재한 놈인데 그런 가능성이 없을 리가 없죠."

"그렇다면 말입니다. 그 베네노아의 아들을 덴이 죽였을 가능성은요?"

순간, 그녀가 눈을 번쩍 떴다.

"서, 설마……."

화수는 당시의 상황을 자신의 시각에 입각해서 재구성했다.

"제가 생각했을 때 당신의 아버지가 확실하지도 않은 배신 때문에 남의 아들을 죽였다곤 생각하지 않아요. 그 역시 자식을 키우는 입장인데, 아직 장성하지도 않은 아들을 잔인하게 죽였을까요?"

"하지만 아버지는 잔악한……."

"그래요. 마피아죠. 하지만 마피아도 사람입니다. 자신의 절친한 친구이던 사람의 아들을 그렇게 쉽게 죽이지는 않을 것이란 말이죠. 더군다나 그런 복수는 꼬리에 꼬리를 문다는 것을 너무나 잘 알고 있을 텐데 과연 일부러 그 아들을 죽였을까요?"

그녀는 화수의 말에 상당히 공감하는 듯했다.

"과연 그럴 수도 있겠군요."

화수는 그에 대해 조금 더 자세히 물었다.

"당시 그의 행적에 대해 자세히 알고 있을 사람이 누구 없을까요?"

잠시 생각에 빠져 있던 그녀가 이내 무언가를 적어내려 갔다.

"이 사람이라면 알 거예요."

"이 사람은 누굽니까?"

"내가 다니던 학교 졸업반의 치어리더였어요. 그땐 아마 덴과 동거하고 있었을 거예요."

"…동거? 그 나이에 동거를?"

"다른 사람도 아니고 덴이잖아요."

그 어린 나이에 동거를 했다는 것이 믿어지진 않았지만 덴이라는 사람의 인성으로 미뤄보았을 땐 그리 어려운 일도 아닌 듯했다.

"아무튼 들리는 소문에 의하면 아직 그 동네에 산다고 해요. 결혼을 했는지 안 했는지는 모르겠고요."

화수는 고개를 끄덕였다.

"알겠습니다. 저는 미국으로 갈 테니 몸조심하십시오."

"그래요."

이윽고 돌아서려는 화수에게 그녀가 물었다.
"강화수 씨."
"네?"
"당신은 나를 왜 이렇게까지 도와주는 거죠?"
그는 옅은 미소를 지었다.
"광고주가 되고 싶어서요."
그제야 그녀는 실소를 흘렸다.
"그깟 광고 때문에 목숨을 던지겠다는 건가요?"
"때론 사소한 일에 목숨을 것이 사람입니다. 안 그래요?"
"하긴……."
화수는 이내 별장을 나섰다.

* * *

뉴욕의 뒷골목.
어둠이 내린 이곳에는 떠돌이 부랑자들과 창부들이 즐비했다.
화려하고 모던한 뉴욕의 이면엔 이렇듯 진정한 어둠이 자리하고 있었다.
화수는 그런 뒷골목을 따라서 걷다가 이내 선술집이 늘어선 골목으로 들어섰다.
"딸꾹! 어이, 이리 와봐!"

"이런 개자식이!"

퍽퍽퍽!

여기저기서 주폭이 벌어지는 가운데 화수는 한 허름한 술집 문을 열었다.

딸랑!

이곳은 전형적인 선술집 바의 형태를 띠고 있었다. 가게 안에는 사람이 그다지 많지 않았다.

"어서 오세요. 적당한 곳에 앉으시면 돼요."

바의 마스터는 화수보다 약 4~5살가량 많아 보였다.

그는 바에 자리를 잡곤 독주를 주문했다.

"데킬라 한 잔 줘요."

"싸구려도 괜찮아요?"

"상관없습니다."

그녀는 데킬라와 함께 레몬과 소금을 접시에 담아 화수에게 건넸다.

"같이 먹어요."

"고맙습니다."

화수는 혼자서 술을 마시며 그녀의 얼굴을 자세히 관찰했다.

노랗고 긴 생머리에 눈부신 피부, 전형적인 금발미녀의 모습이다.

그런데 이곳저곳에 희미한 멍 자국이 보인다.

아마도 남편이나 애인에게 폭행을 당하고 있는 것이 분명했다.

화수는 그녀에게 다가가기 위해 슬슬 운을 뗐다.

"얼굴은 왜 그래요?"

"…술이나 드세요."

"괜찮다면 내가 손을 좀 봐줄 수도 있는데."

순간, 그녀가 차가운 눈으로 화수를 노려보며 말했다.

"남의 일에 쓸데없이 참견하면 봉변을 당하는 수가 있어요. 명심해요."

"난 그저 남의 일 같지 않아서 한마디 한 것뿐입니다. 너무 마음에 담아두지 말아요."

이윽고 그녀가 바에 걸터앉아 화수의 데킬라를 따라서 한 잔 들이켰다.

꿀꺽!

"후우, 이제 좀 낫네."

마침 술집에는 아무도 없어서 얘기를 할 사람은 화수와 그녀뿐이다.

그는 그녀에게 사진을 한 장 건넸다.

"이런 사람을 찾고 있는데, 아는 것 있습니까?"

"…데니를 알아요?"

"물론이죠."

"데니를 안다고요?"

"그럼요. 그의 여동생과 조금 안면이 있는 사이라서 말입니다."

가만히 화수를 바라보던 그녀가 이를 악문 채 말했다.

"…그럼 지가 싸질러 놓은 새끼 좀 돌보라고 전해줘요."

"네? 자식을……?"

"낳아놓고 도망갔어요."

"아아!"

그녀는 다시 한 번 술잔을 비워냈다.

꿀꺽!

"사람이 그러면 안 되는 거라고 전해줘요. 도대체 이럴 것이라면 사람은 왜 건드린 건데요?"

화수는 그녀의 잔을 다시 한 번 채워주었다.

"듣자 하니 동거까지 했다면서요. 그런데도 아무런 원조나 관심이 없어요?"

"…그랬으면 내가 지금 이런 봉변을 당하면서까지 일을 하겠어요?"

그녀는 자신의 몸에 나 있는 상처들을 보여주며 말했다.

"밤에 바를 닫으면 가끔 스트립 바에 나가서 춤을 춰요. 하지만 요즘엔 뉴욕에 일자리가 별로 없어서 슬슬 직업을 전향하고 있죠. 적당한 일자리를 찾아보다가 잘못해서 SM클럽에 들어가서……."

"그, 그렇군요."

얼떨결에 그녀의 어두운 면까지 보고 만 화수는 어찌할 바를 찾지 못한다.

"뭐라 드릴 말씀이 없습니다."

그녀는 화수를 바라보며 아주 간절하게 말했다.

"나타나서 나를 쏴 죽여도 좋으니 제발 자기 자식은 좀 건사해 줬으면 좋겠다고 말해줘요. 내가 이렇게 빌게요."

화수와 덴이 어떤 사이인지도 모르는데 이렇게까지 말하는 것을 보면 분명 쌓인 것이 많은 모양이다.

그는 그녀에게 조금 더 가까이 다가가기로 했다.

"오늘 일 끝나고 술 한 잔 어때요? 내가 여기 매상은 다 낼게요."

"…돈 많아요?"

"많다곤 못해도 당신 얘기를 들어주고 내가 원하는 얘기를 들을 정도는 됩니다."

"뭐, 그럽시다."

이윽고 그녀는 술집의 불을 다 꺼버린다.

"술집을 멀리서 찾을 필요 있나요? 100달러만 내요. 그냥 여기서 술이나 마시게."

"그래도 괜찮습니까?"

"나도 마실 건데 이 정도면 충분해요. 술값이나 충당하는 거죠, 뭐."

"아이는요?"

그녀는 바의 뒤쪽을 가리켰다.

"자요."

"아하, 그렇다면 더욱 여기서 마셔야겠네요."

간판 불을 다 끈 그녀는 술집에서 팔다 남은 술병과 손님들이 키핑 라벨을 붙여놓은 술병들을 죄다 꺼내왔다.

"가리는 술이라도?"

"없습니다. 아무것이나 좋아요."

"후후, 취향 한번 마음에 드네요."

두 사람은 무려 40가지나 되는 술을 마구 섞어 마시기 시작했다.

* * *

엘리스는 10년 전 처음 덴을 만난 시점부터 얘기를 시작했다.

"저는 고등학교에서 치어리더를 하고 있었어요. 우리 학교에 농구부가 있어서 매년 새로운 치어리더를 뽑았죠. 저는 치어리더 그룹의 리더를 맡고 있었고요."

"그런데 덴은 어디서 만난 겁니까?"

"친구 중에 제니라는 아이가 있었어요. 그 아이 집에서 시합에서의 승리를 자축하는 파티가 열렸는데 덴은 거기서 만났어요."

그녀는 당시를 회상하는 듯 잠시 눈을 감았다.

"덴은… 내가 본 남자 중에서 가장 멋있는 남자였어요. 잘생긴 외모에 훤칠한 키, 그리고 주체할 수 없는 인기까지. 아마 다시는 그런 남자 못 만날 것 같다는 생각이 들 정도였죠."

그때를 회상하는 그녀의 얼굴엔 행복한 미소가 지어져 있다.

아마도 그녀는 그때가 인생에서 가장 행복한 순간이었던 모양이다.

"하지만 불행은 소리 없이 찾아왔죠. 저는 대대로 경찰인 집안에서 태어났어요. 가문 자체가 모두 경찰이거나 군인이었죠. 아마 사전에 그가 마피아라는 사실을 알았다면 동거는 하지 않았을 거예요."

"그 사실을 몰랐습니까?"

그녀는 고개를 가로저었다.

"그땐 덴이 마피아라는 사실을 몰랐고, 사랑은 빠르게 깊어지고 있었어요. 그러다 그가 마피아라는 사실을 알았을 땐 이미 늦었어요. 그때 우린 동거를 시작했거든요."

젊은 날의 불장난은 어긋날 수도 있던 두 사람을 조금 더 깊은 관계로 엮어버린 모양이다.

"남자와의 동거를 허락할 리도 없는데 남자가 마피아라니, 저는 덴이 마피아라는 사실을 안 그날로 집안을 등졌어요. 가문의 그 어떤 사람들도 저를 인정하지 않을 것이라고 생각했거든요. 그때부턴 공직자가 모두 적으로 보였다고나 할까요? 심지어 경찰인 제 언니와 검사인 오빠들조차 그저 그의 적으로 보일 뿐이었죠."

"하지만 그 정도로 갑자기 인연을 끊어버렸다면 당연히 가족들이 당신을 찾았을 텐데요?"

"그랬겠죠. 하지만 아무리 엘리트 집단인 가문이라곤 해도 내가 작정하고 숨어버리니 어쩔 수 없었나 봐요."

"으음."

"그렇게 동거는 계속되었고, 저는 어느 날 그의 아이를 가졌어요. 나는 그것이 당연한 수순이라고 여겼지만 그는 아닌 모양이었어요. 아이를 가졌다는 얘기를 듣고는 매일 술판에 마약까지 일삼았죠. 심지어는 제가 뻔히 알고 있는데도 여자들과 난교 파티를 벌이기도 했어요."

"…개자식이군요."

화수가 자신을 공감하자 그녀는 더더욱 깊은 분노를 표출했다.

"그래요. 개자식이죠. 그러다 어느 날은 나에게 손찌검을 했는데, 머리가 선반 모서리에 찍혀 피가 났어요. 그런데도 그는 다른 여자들과 술 약속이 있다면서 나갔어요. 내 머리에서 피가 철철 흐르는 데도요."

"뼛속까지 쓰레기군."

"그러다가 결국엔 아이가 보고 싶지 않다는 쪽지만 남기곤

홀연히 사라져 버렸어요."

그녀는 괴로운 듯 자신의 머리를 쥐어뜯는다.

"내가 미쳤죠. 그런 쓰레기 같은 놈에게 휘둘려 아이까지 낳다니 미쳤어요."

"그땐 어려서 그랬겠죠."

"그래요. 어린 치기였죠. 하지만 더 한심한 건 그러고도 4년 동안 그를 기다렸어요. 언젠간 나타나서 자기 자식을 거둘 것이라고 기대했거든요."

아마 덴의 능력이라면 그녀를 거두는 것뿐만 아니라 자식도 아주 유복하게 키울 수 있었을 것이다.

만약 자신이 그럴 여건이 되지 않는다면 두 사람이 풍족하게 먹고살 수 있을 정도의 돈은 제공할 수 있었을 것이다.

하지만 그는 자신이 벌인 일에 대해 전혀 책임을 지지 않았다.

"다시 만나면 따귀를 때리고 거시기를 발로 차버리고 싶어요. 입덧이 심해서 고생할 때나 출산할 때 곁에 있지 않은 것은 아무래도 좋아요. 하지만 아이가 아버지 얼굴도 모르고 자랄 생각을 하니 너무나 마음이 아파요."

"…뭐라 드릴 말씀이 없군요."

화수는 속으로 그가 남자 망신은 다 시키고 다니는 놈이라고 다시 한 번 욕했다.

"아무튼 놈을 잡는다면 제가 꼭 이곳으로 데리고 오겠습니다."

"제발 좀 그래줘요."

이윽고 그는 그 당시에 대한 얘기를 꺼냈다.

"이건 그때의 얘기입니다만, 질문을 하나 해도 괜찮을까요?"

"하세요. 어차피 괴로운 것은 똑같으니까."

도대체 몇 종류의 술을 섞어 마신 것인지 기억도 나지 않을 만큼 많은 술을 마셨지만 그녀는 여전히 술이 고픈 모양이었다.

다시 한 번 술잔을 비워냈다.

화수는 그런 그녀의 술잔을 버번으로 가득 채워주었다.

"10년 전에 말입니다. 그러니까 그의 양부가 사망했을 때를 기억하십니까?"

그녀는 가만히 앉아 천장을 올려다보았다.

"으음, 그래요. 기억이 나네요. 양부라는 사람이 죽었다고 검은색 양복을 입고 떼를 지어 다니던 것 같아요."

"그때 당신도 장례식에 있었나요?"

엘리스는 화수의 질문에 고개를 가로저었다.

"아니요. 그때 난 자리에 없었어요. 내가 자신의 약점이 될 수도 있다고요."

"약점?"

"그곳엔 수많은 마피아가 모이는데, 자신의 약점을 잡으려 혈안이 된 사람들밖에 없다고 하더라고요. 그래서 저는 가만히 집에 있을 수밖에 없었죠. 그래도 우리 동네에 살던 분이신데 장례식도 못 갔네요."

화수는 당시 그가 살인을 벌였을지에 대해 물었다.

"그때 말입니다. 혹시 그가 무슨 이상한 행동 같은 것을 한 적은 없었습니까?"

"이상한 행동이요?"

"이를테면 며칠 동안 집에 들어오지 않았다거나, 못 보던 물건을 들고 들어왔다거나 한 일이오."

그녀는 실소를 흘렸다.

"후후, 그런 짓거리를 하루 이틀 했어야 말이죠."

"으음, 그럼 이렇게 단정 짓죠. 이를테면 그가 누구를 살해했다, 혹은 납치했다고 가정한다면 말입니다. 그럴 만한 행동을 한 적이 있나요?"

그녀는 당시를 회상하다 문득 무릎을 쳤다.

"아, 맞다! 그런 적이 있었어요!"

"말씀해 보십시오."

엘리스는 당시를 아주 자세히 기억하고 있었다.

8장
과거

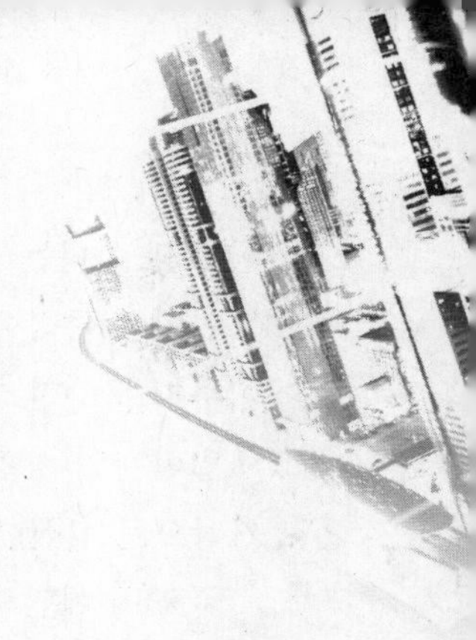

2004년 여름, 장대비가 내리고 있었다.

우르릉! 콰앙!

맥시코 연안에서 발생한 2급 태풍 줄리아나가 세력을 키우며 점점 북상했다.

그 영향으로 미국 필라델피아에도 강한 빗줄기와 함께 천둥번개가 동반되었다.

빈집에 홀로 남은 엘리스는 귀를 막은 채 침실에 누워 있었다.

"무섭지 않아. 무섭지 않아……."

그녀가 세상에서 가장 무서워하는 소리 중 하나는 총소리이고 또 하나는 천둥소리다.

만약 여름밤에 홀로 집에 있다가 천둥이 친다면 결코 잠을 이루지 못하던 그녀다.

일반적인 상황에서도 그렇게 겁이 났을 텐데 지금은 설상가상으로 임신한 상태였다.

극도로 예민해진 신경 탓에 아무리 귀를 막아도 천둥소리가 심장을 가격했다.

콰앙!

"꺄악!"

이불을 머리끝까지 뒤집어쓰고 버텨보지만 아무 소용이 없었다.

음악도 들어보고 피자도 먹어봤지만 효과가 없었다.

"데니, 도대체 어디에 있는 거야……."

동거 중인 덴은 벌써 일주일째 집에 들어오지 않고 연락도 없었다.

그런 불안감이 겹치니 더욱 죽을 것만 같았다.

"흑흑……."

그녀가 홀로 남아 눈물을 글썽거리고 있는 바로 그때였다.

철컥.

누군가 열쇠로 현관을 열고 들어서는 소리가 들렸다.

"데, 데니?!"

자리에서 벌떡 일어선 그녀가 덴을 향해 달려가자 비에 흠

빽 젖은 그가 현관 앞에 서 있었다.

"데니!"

그녀가 비에 젖은 그를 힘껏 안자 그는 몸을 뒤로 살짝 물렸다.

"갑자기 왜 이래?"

"보고 싶었어!"

그를 보자마자 키스를 시도하던 그녀는 문득 그에게서 피 냄새가 진동한다는 것을 알 수 있었다.

입덧이 심해서 피 냄새에 토악질을 할 수도 있었지만, 그녀는 꿋꿋이 참으며 키스를 퍼부었다.

이윽고 그는 자신의 품에서 그녀를 밀어내며 말했다.

"반가운 것은 알겠지만 지금은 이럴 때가 아니야."

"하지만……."

"조금만 기다려. 곧 안아줄 테니까."

그는 양손에 자루를 하나씩 들고 있었다. 한쪽에는 정체불명의 장비가 들어 있고 다른 한 손에는 뭔가 묵직한 것이 들어 있는 것 같았다.

"저게 뭐야?"

"…알 것 없다."

붉은 액체가 조금씩 묻어 있는 자루. 그녀는 어린 시절 시골에서 본 돼지 잡이를 떠올렸다.

"고기야?"

그는 고기라는 말에 정색하며 그녀를 바라보았다.

"가만히 있으라면 좀 가만히 있어. 주둥이 나불거리지 말고."

"데, 데니, 난……."

이내 그는 두 개의 자루를 질질 끌고 가 지하 창고에 그것들을 집어 던져 버렸다.

그리고 창고 문을 자물쇠로 단단히 걸어 잠갔다.

그는 자신의 우의를 물에 깨끗이 씻고 바닥까지 깔끔하게 청소한 후에야 그녀에게 시선을 주었다.

하지만 그의 표정은 역시 좋지 않았다.

"내가 경고하는데, 저 창고를 열었다간 네 인생도 끝이야. 알겠어?"

"으, 응……."

덴은 화가 나면 물불을 가리지 않는 성미라서 한 번 말한 것은 무조건 지켜야 한다는 것을 그녀는 너무나 잘 알고 있었다.

그렇기 때문에 그의 경고에 토를 달 생각조차 하지 못했다.

"바, 밥은……."

"됐고, 2층으로 올라와."

그는 그녀의 손을 잡고 2층으로 올라가 아주 격하게 관계를 가지기 시작했다.

"자, 잠깐만. 이것 좀 놓고……."

"가만히 있으라고!"

성질머리가 더럽긴 했지만 강간은 절대로 싫어하는 그이기 때문에 억지로 관계를 맺은 적은 한 번도 없었다.

그럼에도 불구하고 그는 억지로 그녀를 품으려 했다.

그녀는 온몸의 힘을 풀고 그의 손에 자신을 맡겼다.

"허억허억!"

거칠어지는 그의 숨소리.

바로 그때였다.

우르릉! 콰앙!

천둥과 번개가 동시에 치면서 낙뢰가 창가를 스쳤다.

순간 주변이 잠깐 밝아졌고, 그의 이목구비가 또렷하게 보였다.

'……!'

그녀는 천둥에 놀라 소리를 칠 뻔했지만 입을 다물 수밖에 없었다.

번개에 비친 그의 눈빛은 이미 사람의 것이 아니었기 때문이다.

엘리스는 그의 눈에서 악마를 보았다.

* * *

태풍이 지나가고 난 후 덴은 어김없이 사라졌고, 그녀는 다시 일상으로 돌아와 소일을 하면서 지냈다.

하지만 그가 사라지고 난 후부터 뭔가 이상한 소리가 들려왔다.

쿵쿵쿵!

오늘도 어김없이 혼자서 저녁을 먹던 그녀는 며칠 전부터 들리는 소리에 귀를 기울였다.

"쥐인가?"

그 소리는 분명 지하에서부터 들려온 것으로 지하실은 아직 단단히 잠겨 있는 상태였다.

덴이 창고를 열면 죽인다고 협박했기에 간신히 참고 있지만 사람의 호기심은 한계가 있었다.

그녀는 식사를 하다 말고 지하실이 잘 보이는 창문으로 향했다.

한 손에는 권총, 한 손에는 손전등을 든 채 창문으로 다가선 그녀는 전등으로 창고를 비추어 보았다.

딸깍.

직선으로 뻗어 나간 빛이 창고 안을 비추었고, 그녀는 시선을 집중시키느라 눈을 게슴츠레 떴다.

"으음."

바로 그때였다.

쾅쾅쾅!

"꺄악!"

갑자기 뭔가 검은색 물체가 그녀에게로 다가와 길길이 날뛰는 것이 아닌가.

"으, 으으윽, 으으으으악!"

그녀는 놀란 눈으로 검은색 물체를 비추었고, 그곳에는 다름 아닌 사람이 서 있었다.

"으으웅, 으아아아악!"

알 수 없는 소리를 지껄이는 그를 가만히 바라보던 그녀는 이내 충격으로 입을 가리고 말았다.

"세, 세상에……!"

창고에는 이제 12세나 되었을 법한 소년이 입을 봉해진 채로 갇혀 있었다.

수술용 실로 단단히 입을 꿰매었지만 원래 벌어져 있던 입은 자꾸만 턱을 움직여 가까스로 조금의 공간을 만들어낸 것이다.

"이, 이럴 수가……!"

그녀는 소년을 구출하기 위해 당장 집 안으로 달려갔다.

"빨리… 빨리……."

분명 의사가 조심하지 않으면 유산을 할 수도 있다고 경고했지만 지금 그녀의 머릿속엔 아무것도 생각나지 않았다.

마치 무엇에 홀린 듯 집으로 들어선 그녀는 불현듯 인기척을 느꼈다.

"어디 갔었어?"

"데, 덴?"

순간, 그녀는 랜턴과 권총을 스커트 사이로 숨겼다.

그가 고개를 갸웃거리며 그녀에게 물었다.

"뭐야? 표정이 왜 그래? 마치 유령이라도 본 것처럼 말이야."

"아, 아니, 그게 아니고……."

"뭔데?"

엘리스는 이번에 태풍이 불던 것을 상기해 냈다.

"뒤뜰에 라쿤 시체가 있더라고. 그래서 그것을 좀 치우고 오느라고……."

"시체를 치우느라 속이 별로 좋지 않은 모양이군."

"응."

덴은 대수롭지 않게 여기고 식탁으로 향했다.

"난 또 뭐라고. 배고프니까 빨리 저녁 차려."

"알겠어."

그녀는 며칠 전 교회에서 얻어온 칠면조 고기와 미트볼을 전자레인지에 넣고 데웠다.

그리고 자신이 저녁에 먹던 스튜를 그릇에 덜어냈다.

"자, 먹어."

"넌?"

"…나도 먹어야지."

엘리스는 플레인 베이글과 스튜를 함께 먹었다.

"쩝쩝……."

하지만 지금 과연 빵을 먹는 것인지 돌을 씹는 것인지 모를 지경이다.

만약 그녀가 본 것이 틀림없는 사람이라면 지금 그녀는 납치의 현장을 목격한 꼴이 된다.

'치, 침착하자.'

마피아가 사람을 납치하는 일이야 비일비재하다지만 그녀는 어디까지나 일반인이다.

이런 광경을 눈앞에서 목격하고도 침착하기란 쉽지 않은 일이었다.

그러나 그녀는 기지를 발휘해 끝까지 평정심을 유지하고 있었다.

하지만 그런 그녀의 기지도 완벽할 수는 없었다.

"혹시 지하실을 열어본 것은 아니겠지?"

"지, 지하실?"

"내가 절대로 열어보지 말라고 경고했을 텐데?"

그녀는 고개를 가로저었다.

"다, 당연히 열어보지 않았어. 심지어 나에겐 열쇠도 없는걸."

"으음, 그래? 하지만 동공이 떨리고 있는데?"

"아까 라쿤이 하도 괴기하게 죽어 있기에 놀라서 진정되지 않았을 뿐이야."

"그래?"

"응."

"그럼 다행이고."

이윽고 그는 빠른 속도로 칠면조 고기를 한 그릇 다 먹어치우고 다시 접시를 내민다.

"한 접시 더."

"으, 응."

다시 그녀가 칠면조를 덜어내려 하던 바로 그때였다.

따르르르릉!

"여보세요?"

그는 스튜를 떠먹으며 전화를 받았고, 대수롭지 않은 일인 듯 전화를 끊었다.

"그래, 알았다."

이윽고 그녀는 그의 눈치를 보며 칠면조 고기를 내려놓았다.

"누구야?"

"부하."

"무슨 일 있대?"

"별것 아니야. 신경 끄고 먹던 것이나 마저 먹어."

"으, 응……."

계속해서 식사를 이어나가고 있는데 그의 전화가 다시 울린다.

따르르르르르릉!

"그래, 나다."

전화를 받으며 식사하던 그가 이내 자리에서 일어섰다.

"알겠어. 그럼 지금 정리하고 나갈게. 아참, 식사는 마저 하고 나간다."

이윽고 전화를 끊은 그가 지하실로 향했다.

그러면서 그는 그녀에게 100달러짜리 한 장을 건네며 말했다.

"맥주가 당긴다. 마트에 가서 맥주 좀 사와."

"매, 맥주?"

"버드아이스로. 알지?"

"으, 응."

그녀는 그가 시키는 대로 옷을 챙겨 입고 마트로 향할 차비를 했다.

그리고 재빨리 집에서 나가는데 그가 섬뜩한 표정으로 말했다.

"늦지 않게 돌아와. 맥주가 무척이나 마시고 싶으니까."

"아, 알겠어."

"명심해. 빨리 와야 해."

"으, 응."

오늘처럼 그가 이렇게 무섭던 적이 있을까?

그녀는 재빨리 집에서 나와 차에 시동을 걸고 마트로 향했다.

바로 그때였다.

시끄러운 엔진 소음 너머로 묵직한 타격음이 들렸다.

퍼억! 퍼억!

"허, 허억!"

아마도 그는 소년을 둔기로 마구 구타하고 있는 것이 틀림없었다.

소년이 걱정되긴 했지만 그가 시키는 일을 제대로 하지 않으면 사달이 난다는 것을 잘 알고 있기에 그녀는 가속 페달을 밟았다.

*　*　*

그녀는 당시를 회상하며 연신 고개를 가로저었다.

"그때 마트에 다녀와 보니 어느새 자루는 아주 동그란 형태로 다듬어져 있었어요. 마치 적재하기 쉽게 다듬은 고기와 같다고나 할까요?"

"서, 설마……."

"너무 정신이 없어서 몰랐지만 지금 생각해 보니 그게 바로 그 소년이었던 것 같아요."

"그럼 그가 소년을 처리했다는 것이군요?"

"아마도요."

그녀는 아직도 그때의 충격이 채 가시지 않는 듯했다.

"…끔찍했어요. 다시는 생각하지 않으려 자꾸 잊는 연습을 했더니 얼마간 생각이 나지 않았는데, 오늘 다시 떠올리니 생생하게 그때의 기억이 떠오르네요."

"그래요?"

그는 자신의 품속에 갈무리하고 있던 사진을 한 장 꺼내 들었다.

"혹시 그 소년이 이렇게 생기지 않았나요?"

그녀는 고개를 갸웃거렸다.

"글쎄요. 너무 경황이 없어서……."

화수는 소년의 입에 누더기를 형상화한 입을 가져다 댔다.

"이렇게 하면요?"

순간, 그녀가 소스라치게 놀라며 자리에서 일어섰다.

"어, 어, 어어어어어!"

"맞아요?"

"맞아요! 틀림없어요!"

그녀는 마치 못 볼 것을 보았다는 듯이 화수를 바라보았다.

"다, 당신, 정체가 뭐예요?!"

화수는 자리를 박차고 일어선 그녀에게 모든 것을 설명했다.

"이 소년은 제노베세라는 조직의 현 보스 베네노아의 아들입니다. 벌써 10년 전에 그의 손에 죽은 것으로 추정되지요."

"그럼 나는……."

"살해 현장을 목격한 것이지요."

"……!"

충격에 빠진 그녀에게 화수가 비틀어진 사건을 바로잡을 것을 제안했다.

"아마도 그는 자신의 양부까지 죽였을 겁니다. 아니면 자신의 양부가 죽게끔 유도했겠지요."

"소년도 죽이고 아버지도 죽이고?"

"덴이라는 사람은 그런 사람입니다. 마피아로선 아주 타고난 사람이죠."

그녀는 그와 함께 몸을 섞었다는 상상만으로도 소름이 끼치는 듯 몸을 떨었다.

"이런……."

화수는 그녀에게 명함을 한 장 건넸다.

"제가 일 년에 3만 달러 정도 벌 수 있는 안정적인 직장과 5만 달러 상당의 주택을 드리겠습니다. 그것도 이곳이 아닌 한국에요. 한국에서 5만 달러 정도면 둘이 사는 데 전혀 지장 없는 집을 구할 수 있을 겁니다. 서울은 치안이 괜찮아서 아이를 키우는 데 그리 힘들지도 않을 겁니다."

"…나에게 원하는 것이 뭔가요?"

"지금까지의 얘기를 어느 한 사람에게 증언해 주면 됩니다."

"그게 누구인데요?"

"이 아이의 아버지입니다."

"하지만 그렇게 되면……."

"덴이 위험할 수도 있겠지요. 하지만 그 역시 조직을 가지고 있기 때문에 그리 쉽게 죽지는 않을 겁니다. 또한 제가 그렇게 하지 못하게 막을 것이고요."

그는 망설이는 그녀에게 무엇이 바른 것인지 역설했다.

"당신도 아이를 키우고 있어서 잘 알 겁니다. 자신의 분신을 잃는 것이 어떤 고통인지 말입니다."

"…그래요. 그건 아픈 기억이 되겠지요. 아니, 평생 가슴에 묻을 상처가 될 거예요."

화수는 아들의 복수를 위해 눈이 뒤집힌 그에 대해서 말했다.

"그는 아직도 죽은 아들 때문에 제대로 살지 못하고 있어요. 겉으로 볼 땐 그저 잔악한 마피아 보스이지만 그 역시 아버지거든요. 오로지 아들에 대한 복수심으로 살아가고 있어요. 한데 그 복수심이 지금 애먼 사람을 향하고 있다는 것이 문제입니다."

"애먼 사람이라면……."

"안젤리나 말입니다. 그녀가 지금 복수의 타깃이 되어 살아가고 있어요. 심지어 소중한 누군가를 잃을 위기에 처해 있지요."

"저런……."

"어떠십니까? 저를 도와주시겠습니까?"

"난……."

이윽고 잠에 빠져 있던 그녀의 딸이 부스스 잠에서 깨어났다.

"우웅, 엄마?"

"에, 엘리?"

"저 아저씨는 누구야? 손님?"

"그건……."

"다시 들어가서 잘게."

그녀는 익숙하게 자신의 잠자리를 찾아 들어가 버렸고, 화수는 쓴웃음을 지었다.

"더군다나 이런 환경에서 아이를 키울 수는 없는 노릇 아닙니까?"

"…그렇군요."

이내 그녀는 마음을 먹었다는 듯이 고개를 끄덕였다.

"좋아요. 할게요."

"정말입니까?"

"하지만 덴이 죽지 않는다고 장담할 수 있어야 해요. 최소한 아이의 아버지는 살아 있어야 하니까요."

"그건 제가 보증합니다."

"알겠어요."

그는 녹음기를 꺼내 그녀의 증언을 녹취하기 시작했다.

9장

어긋난 부정

늦가을의 정취가 느껴지는 뉴욕의 한 공동묘지.

제노베세의 보스 베네노아가 아들의 비석 앞에 서 있다.

솨아아아아아!

추적추적 비까지 내리고 있어 날씨가 쌀쌀한 가운데 그는 우산도 없이 비석만 바라보고 있었다.

"춥지 않니? 지하는 상당히 추울 텐데……."

그는 아들을 이곳에 묻어놓고 매일같이 찾아와 하염없이 그곳을 바라보았다.

비가 오나 눈이 오나 아들이 묻힌 곳이 잘 있는지 확인하는 것이 그의 하루 일과 중 가장 중요한 일이었다.

행여나 자신이 오지 못한다면 가족이나 부하를 시켜 비석을 확인해야 직성이 풀렸다.

그는 이내 비석 앞에 앉아 허망한 눈물을 흘린다.

"…미안하구나. 이 아비가 못나서……."

10년 전, 아들을 묻은 베네노아는 하루도 제대로 잠을 이룬 적이 없었다.

어린 나이에 절명한 아들을 생각하면 괴로워 눈을 감을 수가 없었던 것이다.

그는 자신의 품속에 있는 권총을 만지작거렸다.

"이제 얼마 남지 않았단다. 네 복수를 하고 너를 만나러 갈 날이 말이야."

베네노아의 평생소원은 죽은 아들을 다시 만나는 일이었다.

그 때문에 자살을 생각한 적도 많았지만 아들의 복수를 하지 않고는 도저히 눈을 감을 자신이 없었다.

그래서 아들의 복수를 하는 순간 자신도 죽으리라 다짐했다.

이제 그 복수를 이룰 시간이 거의 다 다가왔음에 그는 기쁨의 눈물을 흘렸다.

"…아들아, 이제 아빠가 너를 만나러 가마. 그때까지 건강하렴."

만약 그가 장성했다면 스무 살이 되었을 날이다.

그는 혼자서 만들어온 케이크를 꺼내어 천천히 먹기 시작했다.

"우걱우걱……."

무슨 맛인지, 심지어 조각이 얼마나 큰지 상관하지 않았다.

이것이 아들의 일부라고 생각하며 그저 입안에 밀어 넣을 뿐이었다.

"흑흑……."

그는 행여나 아들이 들을까 숨을 죽이며 울음을 터뜨렸다.

가을비가 그의 얼굴을 타고 흘러내려 옷을 적시고 있었지만 그는 계속해서 케이크를 먹어댔다.

"꼭, 꼭이야. 이 아빠가 네 복수를 해줄게."

그는 케이크를 다 먹어치우곤 자리에서 일어나 공동묘지를 빠져나갔다.

* * *

동남아 순회공연을 취소한 안젤리나에 대한 추측성 기사가 인터넷을 도배하고 있었지만 여전히 그녀는 언론에 모습을 드러내지 않고 있었다.

마이클은 그녀에 대한 사망설까지 돌고 있는 가운데, 화수에게서 안젤리나의 아이에 대한 소식을 들었다.

"지금 남아공에 있답니다."

"남아공이요?"

"양부가 사망하면서 양고모에게 맡겨진 것 같아요."

"으음……."

"재산에 대한 소유권은 여전히 아이에게 있는 것 같긴 하지만 아직 어려서 후견인이 필요했겠지요."

"이 사실을 또 아는 사람이 있습니까?"

"저에게 정보를 제공해 준 사람과 제 동생들 정도입니다."

"그들은 믿을 만합니까?"

"물론입니다. 저를 위해 일하는 사람들입니다."

"그렇군요. 그럼 다행이고요."

마이클은 신디라고 이름 지은 아이를 데려올 것을 종용했다.

"아이를 데리고 올 수 있겠습니까?"

"노력은 해보겠습니다. 하지만 쉽지는 않습니다. 워낙 오래 떨어져 있었잖습니까?"

"하긴, 그건 그렇군요."

"제가 양고모라는 사람을 설득할 테니 조금만 기다리십시오. 조만간 좋은 소식을 들려드리겠습니다."

"부탁 좀 드리겠습니다."

"별말씀을요."

이윽고 화수는 안젤리나의 근황에 대해 물었다.

"그녀는 좀 어때요? 몸은 회복했습니까?"

안젤리나는 사고 후유증 때문에 매일 두통을 호소했다. 지금은 치료를 받고 있었다.

"며칠 전엔 비밀리에 MRI 촬영까지 마쳤지만 별 이상은 없답니다. 지금은 많이 좋아졌어요."

"다행이군요."

"하지만 아이에 대한 걱정 때문에 잠을 잘 자지 못해요. 아무래도 빠른 시일 내에 아이를 데려오지 않으면 무슨 일이 생길 것 같아요."

화수는 아이를 데려왔을 때 생길 타격에 대해 물었다.

"괜찮겠어요? 아이를 데려오면 이미지에 타격을 입을 것 같은데."

그는 어깨를 살짝 들었다 놓았다.

"별수 있습니까? 미혼모 딱지가 붙어도 아이는 데리고 와야 하니까요."

"뭐, 그건 그렇습니다만……."

"그나저나 사장님께선 어떻게 하실 겁니까? 이미지가 깎이면 자동차 모델을 해도 시너지가 적을 텐데요."

화수는 고개를 가로저었다.

"아니요. 괜찮습니다. 저는 그녀가 모델을 해주는 것만으로도 대만족입니다."

"그래요?"

"어차피 자동차는 가족을 위해 만들어지는 것이기도 하니 가족이 된 기념으로 모녀가 함께 출연해 주면 더 좋겠는데요."

"그것도 한번 추진해 보겠습니다."

마이클은 화수의 손을 꽉 잡았다.

"꼭 부탁 좀 드립니다."

"걱정하지 마십시오. 다 잘될 겁니다."

이윽고 화수는 베트남 하노이 공항으로 향했다.

* * *

맥스는 이미 아이에 대한 행방을 추적했고, 화수와 리처드는 아이를 만나기 위해 남아공으로 향했다.

수도 케이프타운 외곽에 위치한 한 저택을 찾은 화수는 초인종을 눌렀다.

딩동!

엄청난 규모의 저택은 인근에서는 찾아보기 힘들 정도로 화려한 경관을 자랑하고 있었다.

아마도 아이의 양고모는 상당한 재력가임이 틀림없었다.

—누구세요?

"저희는 미국 하루스 엔터테인먼트에서 나온 사람들입니다. 혹시 신디라는 아이를 아십니까?"

—신디요?

"예, 10년 전 미국에서 입양되었다고 들었습니다."

아이에 대한 얘기가 나오자 그녀는 상당히 방어적인 태도를 보인다.

—신디가 이곳에 있긴 한데, 아이를 찾아온 이유가 뭔가요?

"친모에 대한 얘기를 드리고 싶어서 왔습니다. 친모가 아이를 찾고 있어요."

—…이제 와서요?

"그때는 사정이 있어서 아이를 보냈지만, 지금은 아이가 무사한지만이라도 보고 싶다고 했습니다."

—그럼 본인이 직접 오라고 하세요.

"그녀가 지금 사정이 있어서 베트남에서 치료를 받고 있습니다. 치료가 끝나면 곧바로 올 것이라고 말했습니다."

—잘되었네요. 그럼 그때 만나는 것으로 하죠. 그럼.

"자, 잠깐만요!"

인터폰은 더 이상 울리지 않았고, 화수는 계속해서 초인종을 눌렀다.

딩동딩동!

"이봐요! 여보세요!"

리처드는 난감한 표정을 지었다.

"너무 단도직입적으로 말한 것일까요?"

"그런 것 같아. 저 집도 아이가 없어서 입양한 것일 텐데 너무 직접적으로 말했어. 이런……."

두 사람이 난감한 표정을 짓고 있을 때다.

동네 주민으로 보이는 한 여인이 그들에게 말을 걸어왔다.

"무슨 일 있어요?"

"아, 예. 신디를 찾아왔는데 만나주질 않네요. 아이의 고모께서 상당히 완강하신 것 같아요."

"아이의 고모라면 마리아나를 말씀하시는 건가요?"

"네, 그렇습니다."

그녀는 연신 고개를 갸웃거렸다.

"이상하네. 그녀는 지금 출장 가고 없는데요?"

"없다니요?"

"일본으로 출장 갔다고 들었어요. 신디는 보모가 하루에 몇 시간씩 와서 돌봐준다고 한 것 같은데."

순간, 화수와 리처드가 서로에게 눈빛을 보낸다.

"설마……."

두 사람은 다시 한 번 초인종을 눌렀다.

딩동!

—네.

"마리아나 씨 되십니까?"

—네, 그런데요?

화수는 그녀에게 마리아나의 목소리가 맞는지 눈짓으로

물었다.

그녀는 고개를 가로저었다.

"아니에요. 저 사람, 지금 거짓말하고 있는 것 같아요."

바로 그때였다.

쨰앵!

망원렌즈로 보이는 물체가 화수를 겨냥했다.

"저격?!"

피융!

화수는 재빨리 몸을 날려 총알을 피했다.

팅!

"꺄악!"

"어서 피해요!"

화수는 동네 주민을 데리고 엄폐할 공간을 찾았고, 리처드는 손거울로 상대방의 실력을 확인했다.

손거울을 빠끔히 내밀어 저격수를 비추자, 그에게로 어김없이 총알이 날아온다.

쨍그랑!

"제기랄! 아마추어는 아닌 것 같은데요?"

"납치되었을 가능성이 있다는 소리군."

"아마도요."

화수는 일이 한참 꼬인 것을 느꼈다.

*　　*　　*

미국 덴버의 한 농장.

손과 발이 꽁꽁 묶인 한 소녀가 창고에 감금되어 있다.

"우웁! 우웁!"

입까지 봉해져 말을 할 수 없는 상황에 처한 소녀는 계속해서 도움을 요청했다.

하지만 이 한적한 농장에 사람의 발길이 있을 리가 없었다.

그렇게 얼마나 발버둥을 쳤을까?

그녀의 귀에 두 사람의 발걸음 소리가 들려왔다.

뚜벅뚜벅.

이곳에 발걸음을 할 사람은 그리 많지 않았다.

"잘 있는지 확인 좀 해봐."

"예."

이윽고 창고 문이 열리며 검은색 양복을 입은 두 사내가 모습을 드러냈다.

끼이이이익!

그 모습은 마치 공포영화의 한 장면을 연상케 했다.

이유도 모른 채 헛간에 갇혀 버린 소녀는 사시나무 떨 듯 몸을 떨었다.

"우, 우웁!"

"허튼짓할 생각일랑 하지도 마라. 험하게 죽기 싫으면 말이지."

"우웁!"

대답 대신에 고개를 끄덕이는 소녀에게 사내들이 물었다.

"네 어미라는 년의 전화번호는 아나?"

그녀는 고개를 갸웃거렸다.

"아아, 그렇군."

사내들은 답답한 듯 그녀의 입에서 재갈을 빼냈다.

"자, 이제 말할 수 있겠지? 그년 전화번호를 대라."

"버, 번호요?"

"어미라는 년의 전화번호쯤은 알고 있을 것 아닌가?"

"…저는 엄마가 없는데요?"

두 사람은 고개를 끄덕였다.

"으음, 아무래도 아직 만난 적은 없는 모양이군."

"그러게 말입니다."

사내들은 그녀에게 다시 물었다.

"그럼 네 양고모의 전화번호를 대라."

"고, 고모는 왜……."

"우리도 먹고는 살아야지. 어서 전화번호를 불러."

"하지만……."

그녀의 전화번호를 알려주기가 상당히 껄끄러운지 소녀는 연신 말끝을 흐렸다.

그러자 사내들이 그녀의 머리에 총구를 들이댔다.

철컥.

"사, 살려주세요!"

"그러니까 어서 전화번호를 부르라고. 머리에 바람구멍이 나기 싫으면 말이야."

순간, 소녀는 기지를 발휘하기로 했다.

"고모는 돈이 별로 없어요. 돈이라면 내가 계좌로 송금해 줄 수 있어요. 아버지 유산이 꽤 많거든요."

"유산?"

"연필공장을 하셨던 아버지는 영국에서도 꽤나 알아주는 부호였어요. 하지만 아버지가 돌아가시면서 그 유산은 고스란히 저에게 돌아왔죠. 덕분에 저는 지금 백만장자나 마찬가지예요."

두 사내는 서로의 눈을 바라보며 의견을 공유했다.

"그래, 그럼 네년의 돈을 받도록 하지."

"고마워요."

소녀의 제안이 마음에 든 모양인지 그들은 연신 미소를 지었다.

이때가 아니라면 빠져나갈 기회는 없을 것이다.

그녀는 괴한들에게 전화를 요구했다.

"핸드폰을 주세요. 제 핸드폰에 계좌이체를 할 수 있는 어플리케이션이 설치되어 있거든요."

하지만 두 사람은 눈썹을 꿈틀거렸다.

"우리를 머저리로 아나. 전화를 켜면 네 위치가 노출될 텐데?"

"그건 걱정하지 마세요. 어차피 지금 잠깐 전화를 켜놓는다고 무슨 일이 생기지는 않을 거예요. 고모는 지금 일본 출장 중이라 바빠 제가 없어진 것도 아직 모를 테고요."

"으음……."

"100만 달러를 드릴게요."

그러자 두 사람의 눈이 번쩍 뜨인다.

"저, 정말인가?"

"물론이죠. 대신 핸드폰을 주셔야 해요. 그래야 어플리케이션을 사용할 수 있을 테니까요."

두 사람은 그녀에게 핸드폰을 건넸다.

"다시 한 번 경고하지만, 허튼짓할 생각일랑 아예 처음부터 접는 것이 좋아."

"알겠어요."

드디어 그녀는 자신의 핸드폰을 받았고, 계좌이체를 위한 어플리케이션을 작동시켰다.

그러자 보안프로그램이 작동하면서 GPS 장치가 작동했다.

[위치를 보정합니다.]

이제 계좌이체를 실행하면 자신의 위치가 고모에게 전달될 것이다.

그렇게 된다면 경찰에 신고하거나 국립수사기관에 의뢰하

게 될 것이다.

하지만 그들은 그리 허술한 사람들이 아니었다.

"이런 빌어먹을 년, 감히 우리를 가지고 놀아?!"

"자, 잠깐만요!"

그가 소녀의 머리채를 휘어잡았다.

"꺄악!"

"이리 와! 자리를 옮겨야겠으니!"

GPS가 작동한다는 사실을 눈치로 알아챈 그들은 이내 자리를 옮기기 위해 준비를 서둘렀다.

덕분에 소녀는 탈출의 기회를 놓쳤고, 잘못하면 목숨이 달아날 상황에 놓이게 되었다.

*　*　*

한창 교전이 일어나고 있는 케이프타운의 저택.

화수는 초소형 마도병기를 꺼내 들었다.

끼릭, 끼릭.

모기를 형상화한 마도병기는 화수의 명령에 따라 저택으로 잠입했다.

그리곤 화수와 시야를 공유하여 지금 안에서 무슨 일이 일어나고 있는지 알 수 있게 해주었다.

입구에 있는 괴한은 혹시나 모를 돌입에 대비하고 있고, 2층

침실에 있는 저격수는 화수를 겨냥하고 있었다.

"총 세 명. 잘하면 제압할 수 있겠어."

어떻게 된 일인지 파악하기 위해선 지금 그를 겨누고 있는 사내들을 때려눕혀야 할 것이다.

화수는 자리에서 일어나 재빨리 담을 넘었다.

"혀, 형님!"

그를 따라서 움직이려던 리처드는 그만 타이밍을 놓치고 말았다.

그런 그에게 화수가 말했다.

"너는 여기서 상황을 지켜보고 있다가 경찰이 오면 기별을 줄 수 있도록 해."

"하, 하지만……."

"이래 봬도 잠입에는 꽤 자신이 있다고."

저격수의 눈을 피해 담을 넘은 화수는 이내 주변에서 돌멩이를 하나 집어 들었다.

그리곤 전력을 다해 저택 유리창으로 돌을 집어 던졌다.

쨍그랑!

깨진 유리창을 헤치고 돌입한 화수는 자신을 기다리고 있던 두 사내에게 주먹을 날렸다.

퍽퍽!

"크헉!"

얼굴과 머리에 한 대씩 주먹을 날리자 그들은 마치 추풍낙

엽처럼 쓰러져 버렸다.

화수는 두 사람을 때려눕히자마자 2층으로 달려 올라갔다.

쿵쿵쿵!

일부러 발소리를 크게 낸 화수는 자신을 겨냥하고 있을 저격수를 잡기 위해 문을 열지 않고 그대로 돌진했다.

"이야압!"

콰앙!

문이 경첩째 뜯어져 방패가 되었고, 저격수는 화수를 쏴보지도 못하고 제압당하고 말았다.

퍽!

"컥!"

문에 정통으로 머리를 얻어맞은 저격수는 정신을 잃었고, 화수는 그를 데리고 밖으로 향했다.

화수는 자신을 기다리고 있는 리처드에게 외쳤다.

"차를 가지고 와!"

"예, 형님!"

그를 잘 포박시킨 화수는 손과 발을 묶어서 트렁크에 집어넣었다.

그리곤 곧장 사건 현장을 빠져나가기로 했다.

이대론 제대로 된 정보를 얻어내기 힘들다는 판단 때문이다.

"가자."

"예, 형님."

리처드는 황급히 차를 몰았고, 두 명의 괴한은 어딘가로 전화를 걸었다.

* * *

일본 나가사키의 한 빌딩.

무역업자 마리아나는 수출입 계약을 맺기 위해 협상하는 중이다.

이번 거래는 상당히 중요하기 때문에 어지간하면 전화는 받지 않을 계획이다.

지잉.

협상자로 나온 상무이사가 그녀에게 묻는다.

"안 받으십니까?"

"괜찮아요."

"그냥 받으시죠. 전화 받을 시간 정도는 있습니다."

"그럼……."

웬만해선 일하는 시간엔 전화를 만지지 않는 그녀지만 계속 호의를 거절할 수는 없었다.

이윽고 전화를 꺼내본 그녀는 고개를 갸웃거렸다.

[출금 요청 취소. 미국 덴버.]

"덴버?"

가만히 문자를 바라보던 그녀가 불현듯 자리를 박차고 일어섰다.

"서, 설마……!"

"무슨 일 있으십니까?"

"아무래도 거래는 나중에 해야 할 것 같습니다."

"그게 무슨……."

그녀는 거래처의 상무이사에게 사정을 설명했다.

"제 조카가 납치당한 것 같아요."

"납치요?"

"지금 당장 경찰서로 향하는 것이 좋겠어요."

"그러시죠."

만약 납치가 아니더라도 아이의 안전이 우선이라고 생각하는 그녀다.

그녀는 만사를 제쳐두고 경찰서로 향했다.

* * *

하노이의 별장.

안젤리나는 화수가 선물한 욕조에 몸을 담근 채 눈을 감았다.

"후우……."

극도의 스트레스로 인해 머리가 지끈거려 참을 수 없을 지경이다.

이럴 땐 그저 목욕으로 심신을 달래는 수밖에 없었다.

잠시라도 잠을 이루기 위해 따라놓은 와인을 한 모금 마시려던 그녀는 불현듯 울리는 전화기를 바라보았다.

따르르르릉!

처음 보는 번호에 그녀는 고개를 갸웃거렸다.

"도대체 누구……."

생각에 잠겨 미처 전화를 받지 못한 그녀가 기억을 더듬는 동안 문자가 한 통 도착한다.

[지금 딸을 데리고 있다.]

순간, 그녀는 자리를 박차고 일어섰다.

"아, 안 돼!"

딸이 납치를 당할 수도 있다고 경고한 화수의 얘기가 떠올라 목욕을 할 수 없었다.

이내 그녀는 상대방에게 전화를 걸었다.

—여보세요?

"누, 누구세요? 누구신데 내 딸을……."

—후후, 오랜만이군.

순간, 그녀의 표정이 딱딱하게 굳었다.

"아, 아저씨?!"

—그래, 베네노아다.

그녀는 충격에 빠져 아무것도 할 수가 없었다.

그런 그녀에게 그가 아주 재미있다는 투로 물었다.

—가죽을 벗겨서 죽일까, 아님 실컷 고문을 하다 죽일까?

안젤리나는 그 자리에 털썩 주저앉아 눈물을 흘렸다.

"흑흑! 아이는 제발 해치지 말아주세요!"

—큭큭큭!

사악한 그의 목소리. 복수에 눈이 멀어버린 그에게서 자비를 바랄 수 있을까?

그녀는 연신 고개를 숙이며 울부짖었다.

"살려주세요!"

—큭큭큭큭!

하지만 그는 아무래도 자비를 베풀 생각이 없는 듯했다.

『현대 마도학자』 6권에 계속…

외전 Part 1

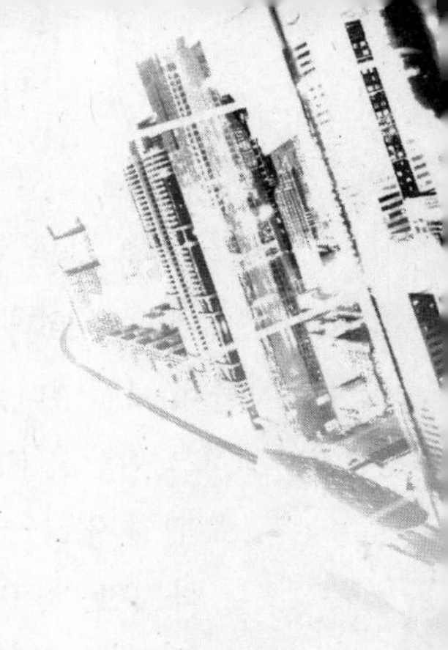

제국의 수도로 향하는 길.

카미엘은 자신의 우호 세력을 만나기 위한 여정을 거치고 있었다.

그가 첫 번째로 찾은 곳은 전설적인 기사이자 무신들의 수장이던 아나니아 백작이다.

아마도 카미엘이 사라졌던 시기에 가장 먼저 군사들을 풀어 수색에 나섰을 사람이다.

아나니아 백작령에 당도한 카미엘은 여행객으로 위장하여 영지로 들어섰다.

검문검색에 나선 병사는 그런 그에게 신분증을 요구했다.

"처음 보는 사람이군. 신분증을 제시하시오."

제국은 효과적인 조세제도를 확립하기 위해 신분증을 만들어 보급했다. 신분증에는 황가의 직인이 찍혀 있다.

그 직인을 카피하기란 상당히 힘들기 때문에 신분증을 새로 만들지 않는 한 신분을 증명하기가 힘들었다.

하지만 제이나는 정보부의 수장이다.

"파사트 공국에서 온 상인이오."

그녀는 카미엘의 신분증까지 미리 만들어두었고, 덕분에 병사를 속일 수 있었다.

"으음, 그렇군. 알겠소. 통과하시오."

"고맙소."

제이나 덕분에 성문을 통과한 카미엘은 곧장 여관부터 잡았다. 이곳에 짐을 풀고 천천히 백작의 동태를 살피다 영주성에 잠입하려는 것이다.

백작령은 상당히 넓기 때문에 그를 만나기란 그리 쉽지 않을 것이고, 특히나 비밀리에 그를 만나자면 아주 조용하게 행동해야 한다.

때문에 그는 조금 기한을 두기로 했다.

[파란장미]

간판에 이런 글귀가 적힌 여관의 문을 연 카미엘이 여관 주인에게 말했다.

"방 하나 주시오."

"두 분이시오?"

"그렇소."

주인은 덤덤한 표정으로 계산을 시작했다.

"식사는 어떻게 하실 것이오?"

"그때그때 우리가 사먹겠소."

"숙박은 얼마나?"

"한 일주일 잡아주시오."

"그럼 1실버 2페이나 되겠소."

페이나는 제국 공용 화폐로 왕가의 직인이 찍힌 동전이다.

1페이나의 상위 화폐는 가운데 작은 은을 집어넣은 동전인 실버다.

보통 하루 품삯으로 7~8실버를 받으니 여관비론 꽤나 괜찮은 값인 셈이다.

카미엘은 3실버를 주인에게 건넸다.

"두 개 주시오."

"두 개나? 부부 아니시오?"

두 사람은 아주 무뚝뚝하게 고개를 가로저었다.

"아니외다."

"그렇군. 나는 잘 어울리는 남녀기에 부부인 줄 알았소."

"…고맙소."

두 사람은 한때 미묘한 관계에 놓인 적도 있었다.

그 때문인지 부부라는 단어에 상당히 민감하게 반응했다.

그러나 워낙 감정을 겉으로 드러내지 않는 두 사람이기에 무덤덤한 척하고 있을 뿐이다.

*　　*　　*

방을 잡고 밖으로 나온 카미엘은 정보 길드로 향했다.

정보 길드는 타 영지로 전서구를 전달하거나 지역의 소식을 살 수 있는 곳이다.

일반인들이 사람을 찾을 때 사용할 정도로 전달력이 빠르기 때문에 영주의 위치쯤은 간단히 파악할 수 있을 것이다.

"소식지를 하나 주시오."

그가 정보 길드의 안내원에게 3실버를 건네자 그녀는 4페이나를 거스름돈으로 내밀었다.

"여기 있습니다."

영지의 각종 소식이 적힌 소식지를 펼친 카미엘은 이제 곧 축제가 열린다는 것을 알 수 있었다.

그는 안내원에게 축제에 대해 물었다.

"축제는 언제 열리오?"

"내일부터 일주일간 열린다고 들었어요. 폐하의 승전을 경하하는 자리이니만큼 음식을 푸짐하게 준비한대요."

"그렇구려."

지금 제국은 승전으로 들떠 있으니 축제를 즐기는 것도 무리는 아니다.

제이나는 그 승전의 일등공신인 카미엘을 바라보며 씁쓸하게 물었다.

"괜찮으십니까?"

"무엇이 말인가?"

"축제 말입니다."

그는 고개를 가로저었다.

"괜찮냐니?"

"승전 축제 말입니다."

"후후, 그럴 수도 있지."

그녀는 입술을 짓깨물었다.

"빌어먹을 문벌들 같으니, 제국의 검이 사라졌는데 축제라니요. 이건 분명 심리전을 시작하겠다는 뜻 아니겠습니까?"

"시국이 시국이지 않나? 민심을 수습하자면 이 방법밖엔 없겠지."

그 언젠가 카미엘이 연승을 거듭할 때 이곳저곳에서 반란이 일어난 적이 있었다.

무리한 병탄으로 인해 민심이 흉흉해졌던 것이다.

지금은 그 병탄이 끝을 향하고 있으니 당연히 민심이 흉흉해질 수밖에 없었다.

그러니 축제를 여는 것이 최선의 방책이라고 할 수 있었다.

하지만 카미엘도 사람이기 때문에 씁쓸함을 감출 수는 없었다.

"내가 없는 승전 축제라……. 폐하께서 조금 쓸쓸하긴 하겠군."

"…속도 참 좋으시군요."

"후후, 내가 원래 좀 그래."

카미엘은 소식지와 함께 영주의 근황이 담긴 정보지를 구매해서 밖으로 나섰다.

*　　*　　*

아나니아 백작은 평소 어진 정치로 영지를 다스리기로 유명했다.

현재 아나니아 영주는 아버지 카를로스 아나니아가 일군 영지를 조금 더 부유하게 만들었다.

조세를 개혁하고 군부를 동원해서 상단을 꾸렸으며, 그 상단으로 막대한 이문을 남겼다.

그는 상단을 통해 거둔 수익을 자신이 갖지 않고 곧바로 영지를 살찌우는 데 사용했다.

한 해의 영지 운영 자금의 거의 두 배에 달하는 금액을 복지에 투자하니 당연히 살기가 좋아질 수밖에 없었다.

그 때문에 아나니아 백작령의 생활 수준은 오히려 황도보다 훨씬 나았다.

카미엘은 어딜 가나 아나니아 백작을 찬양하는 소리를 들을 수 있었다.

"이번에 공자님께서 생신을 맞으셨다면서?"

"그러게. 승전에 맞춰 생신이라니 축복을 받긴 받으셨군."

"나는 영주님께 공자님 선물을 진상할 생각이네. 자네는?"

"당연히 그래야지. 내가 받은 것이 얼마인데."

제국에서 가장 살기 좋은 도시로 손꼽히는 아나니아 백작령 사람들은 유순하고 인정이 많기로도 유명하다.

그래서 좋은 일이 있을 때면 서로 음식이나 선물을 나누는 풍습이 있었다.

아마도 이번 공자의 생일 또한 엄청난 양의 선물이 진상될 터였다.

카미엘은 이런 좋은 모습들을 바라보며 미소를 지었다.

"역시 그는 달라도 뭔가 다르군."

올해로 일흔이 된 아나니아 백작은 카미엘에게도 참으로 많은 교훈을 준 사람이다.

그가 사령관이 되던 해에 아나니아 백작은 카미엘에게 날이 없는 검을 선물로 주었다.

날이 없는 검은 평화를 상징하는 것으로, 앞으로 조금 더 평화로운 나라를 만들어달라는 의미였다.

카미엘은 아직도 그 검을 군부의 중앙본부에 걸어놓고 매일 바라보았다.

지금 흘리는 피는 평화를 위한 것임을 상기하기 위해서이다.

그는 이제 곧 있을 백작의 퍼레이드 행렬에 참가할 생각이다.

아나니아 백작은 카미엘의 얼굴을 보기만 해도 알아볼 정도로 눈썰미가 좋기 때문에 거리에 서 있는 것이 그를 만나기엔 적격일 것이다.

빰빠바바밤!

행렬의 가장 선두에 선 카미엘은 마차 위에 올라선 아나니아 백작을 바라보았다.

"와아아아아아아!"

이제 곧 축제가 시작된다는 것을 알리는 퍼레이드 행렬에 참가한 백성들은 그에게 우레와 같은 함성을 보냈다.

그러자 그는 미소와 함께 손을 흔들었다.

"백작님 만세!"

"와아아아아아아!"

이 엄청난 함성. 카미엘은 마치 황제의 행렬이라도 되는 듯한 착각에 빠져들었다.

'민심이 엄청나군. 이 정도라면 나라를 세워도 될 정도야.'

스스로 불경스러운 생각이라는 건 알고 있지만 아주 불가능한 얘기는 아니었다.

이윽고 카미엘은 자신을 스치는 아나니나 백작을 가만히 응시했다.

그러자 그가 곧장 카미엘에게로 고개를 돌린다.

순간, 그는 흔들리는 동공으로 카미엘을 보았다.

'나중에 성으로 찾아가겠소.'

'아니오. 내가 찾아가리다.'

두 사람은 눈빛으로 서로의 의중을 간파했고, 이내 서로를 스쳐 지나보냈다.

제이나 역시 그 광경을 바라보았기 때문에 일이 잘 풀렸다고 생각한다.

"좋군요. 잘되었습니다."

"그러게 말이야."

잠시 후, 카미엘에게 한 병사가 다가와 작게 속삭인다.

"각하, 백작께서 서신을 보내왔습니다."

"고맙네."

"그리고 지금 계신 곳을 여쭈어 오라고 하셨습니다."

"파란장미라는 여관에 머물고 있네."

"예, 알겠습니다. 그럼……."

그는 이내 사라졌고, 카미엘은 아나니아 백작이 보낸 서신을 읽어 내려갔다.

각하, 아나니아 백작입니다.

그간 얼마나 고생이 많으셨습니까? 그 추운 북녘에서 오랑캐들을 벌하시고 내려온 결과가 이것이라니 가슴이 아픕니다.

아무튼 제국의 검날이 부러진 것이라고 생각하고 있던 찰나, 이런 희소식을 접하게 되어 영광입니다.

오늘 저녁에 잠행하여 찾아뵐 터이니 조금만 기다려 주십시오.

제국의 아침에 영광이!

—아나니아 백작 배상.

카미엘은 이내 서신을 태워 버리고 다시 여관으로 향했다.

* * *

늦은 밤, 검은색 후드를 뒤집어쓴 한 노인이 파란장미를 찾았다.

똑똑똑.

"계십니까?"

문을 두드리자 카미엘이 모습을 드러냈다.

"먼 길 오시느라 고생 많으셨소."

"아닙니다."

"이쪽으로 오시오."

"예, 사령관님."

이윽고 그는 방에 들어서자마자 카미엘에게 부복했다.

"각하를 뵙습니다."

"일어나시오. 무릎이 많이 좋지 않다고 들었소."

그는 씁쓸하게 웃었다.

"늙으니 몸이 많이 녹습니다. 각하께서 이해해 주시니 감읍할 따름입니다."

"제국의 제일기사도 생로병사를 피해가지 않는 모양이오."

"그러게 말입니다."

아나니아 백작은 제이나를 바라보며 인사했다.

"반갑네, 자작."

"오랜만입니다. 그동안 많이 늙으셨군요."

"자네는 여전하군. 그 장난기, 언제쯤 버릴 건가?"

"글쎄요."

두 사람은 황제의 최측근으로 잦은 회동을 가진 사이다.

그렇기 때문에 신분의 격차에도 불구하고 이런 너스레를 떨 수 있는 것이다.

간단한 인사를 나눈 세 사람은 본격적으로 지금의 상황에 대해 논의했다.

"이제 어떻게 하실 작정이십니까? 제국에선 사령관 각하의 실종을 사망으로 추정하고 있는 것 같습니다만."

"으음."

"시신을 찾지 못해 장례를 치르지 못할 뿐, 각하의 사망을 기정사실화시키고 있습니다."

"빌어먹을 놈들이군. 감히 이렇게 멀쩡히 살아 있는 사람을 망자로 만들다니."

"어쩌겠습니까? 원래 그런 권모술수밖에 부릴 줄 모르는 작자들인데."

"답답하게 되었소."

"그러게 말입니다."

제이나는 그에게 황제의 전언을 전했다.

"폐하께선 각하의 소환을 명령하시면서 군부의 수장들을 차례대로 만나라고 하명하셨습니다."

"군부의 수장들을?"

"아마도 문벌과의 균형을 이룩하기 위한 사전 작업이 아닌지 사료됩니다."

"그렇군."

황제는 숙청 대신 중용을 생각하는 사람이기 때문에 문벌들을 벌하는 것보단 이 사건을 통해 세력을 조금 눌러낼 계획인 듯했다.

카미엘은 그 계획을 잘 알고 있기에 조금 더 신중하게 행동하고 있는 것이다.

"다른 기사들과는 연락이 닿고 있소?"

"예, 사령관님. 북부의 타미카 백작과 서부의 알타미안 자작이 황도로 향하고 있습니다. 중간 지점인 이곳에서 만나기로 했으니 곧 기별이 올 겁니다."

"군은 대동한다고 했소?"

"아닙니다. 문벌들이 반란의 획책이라느니 하는 개소리를 할 것이 뻔하기 때문에 군부는 대동하지 않았습니다."

"잘하셨소. 역시 백작이시오."

"과찬이십니다."

그는 카미엘이 황도로 입성할 때 군부에 힘을 실어주기 위해 세력이 막강한 기사들을 모두 소집하고 있는 중이었다.

그 일환으로 두 명의 기사를 불러들인 것이다.

"남부와 중부에 있는 사령관들은 이미 황도에 들어가 있습니다. 아마 문벌들을 누를 대안을 찾고 있겠지요."

"그렇군. 그대들이 고생이 많소."

"별말씀을요. 사령관님께서 겪으신 고초에 비하면 아무것도 아닙니다."

죽다 살아난 카미엘의 고생이야 더 이상 말로 할 필요도 없을 것이다.

하지만 그는 자신의 고생은 이만 덮어버렸다.

"아무튼 사태가 진정될 때까진 방심하지 말아야 할 것이오."

"예, 사령관님."

이윽고 카미엘은 황제와의 연락 상황에 대해 물었다.

"폐하껜 소식을 전하고 있나?"

"예, 그렇습니다. 아마도 이제 곧 정보부에서 사람이 파견될 겁니다."

"그렇군. 알겠네."

이윽고 아나니아 백작은 카미엘에게 후드를 건넸다.

"같이 가시지요. 공작께서 이런 누추한 여관이라니 당치도 않습니다."

"하지만……."

"가시지요. 남들 눈도 있고 해서 영지로 모시려던 참입니다."

어딘가에 묶이는 것을 상당히 싫어하는 카미엘이지만 지금 이대로 돌아다닐 수는 없는 노릇이었다.

"좋소, 갑시다."

"제가 모시겠습니다."

카미엘은 아나니아 백작과 함께 영주성으로 향했다.

*　　*　　*

나흘 후, 카미엘은 두 명의 기사의 읍을 받을 수 있었다.

북부군 사령관 타미카 백작과 서부방어선 사령관인 알타미안 자작이 카미엘에게 부복했다.

"사령관님을 뵙습니다!"

"오랜만이군. 두 사람 모두 잘 지냈나?"

"물론입니다. 각하께선 무탈하신지요?"

"덕분에 무탈하다네."

"다행입니다."

두 사람은 카미엘과 함께 전장을 누비던 기사들로 지금은 각자 영지를 돌보며 생업에 종사하고 있다.

전장이 체질에 맞는 두 사람이지만 제국의 평화를 위해선 그 기질을 누를 수밖에 없었다.

"그나저나 마지막 대전투가 아주 장관이라고 들었습니다. 이번에도 압승을 하셨다고요."

"병사들의 사기가 아주 좋다네. 그래서 무혈입성이나 마찬가지였지."

"역시 각하십니다."

"후후, 아닐세."

인사치레를 끝낸 두 사람은 곧장 본론으로 넘어갔다.

"지금 각하를 뵙고자 네 명의 기사가 추가로 이동하고 있습니다. 아마도 다음 주쯤이면 이곳에 당도할 것 같습니다."

"그렇군. 그들의 군 기강은 어떻다고 하던가?"

"각하께서 엄하게 다룰 때완 조금 다른 분위기라고 합니다. 기강이 조금 느슨해지긴 했지만 사기는 최고입니다."

"그럼 걱정 없겠군."

마도병기들의 사기는 항상 최고조를 향해 달리지만 일반적인 보병의 경우엔 그렇지가 않았다.

그들은 감정이라는 것을 가지고 있기 때문에 기쁨과 슬픔을 느낀다.

때문에 사기를 진작하기 위해선 꽤나 많은 노력이 필요했다.

카미엘은 항상 일반 병사들의 사기 진작을 최우선으로 하는데, 그것이 전쟁을 승리로 이끄는 원동력이 되기 때문이다.

이윽고 그는 현 정세에 대해 물었다.

"북부의 야만인들은 어떻게 되었나?"

"이제 좀 잠잠합니다. 그동안엔 매일같이 전쟁을 벌여 머리가 아팠지요."

현재 제국은 북부를 점령하고 병탄을 완성하고 있었는데, 그 틈을 타 북부에 흩어져 있던 야만인들이 남하하려는 움직임을 보이고 있었다.

때마침 부유해진 제국을 털어 한몫 단단히 잡겠다는 생각이었겠지만, 워낙 철옹성 같은 북부이기에 뚫릴 걱정은 없었다.

"듣자 하니 이젠 그들이 연맹을 만들었다고 하던데, 괜찮겠나?"

"예, 각하. 각하께서 신경을 쓸 필요도 없을 만큼 튼튼하게 대비하고 있습니다."

"좋네. 앞으로도 그렇게 철저하게 방어할 수 있도록."

"명을 따르겠습니다."

그는 이번에는 타 대륙과의 교역로인 서부에 대해 물었다.

"서부 연안에 해적 떼가 출몰한다고 들었네. 어떤가?"

"지금 네 개의 함대를 구축해서 해적을 몰아내고 있습니다. 하지만 대륙을 넘어온 놈들이 작정하고 상선을 털어대는 바람에 교역 수입이 많이 줄었습니다. 강경책을 수립하는 것이 좋겠습니다."

"제도로 돌아가게 되면 남부의 함대를 파견해 주겠네. 그 병력으로 해적을 소탕하도록 하지."

"동원령이 통할까요? 남부는 워낙 이기적이라서 말입니다."

제국의 남부는 원래 약탈민족으로 이뤄진 나라를 병탄한 곳으로 어지간해선 말을 잘 듣지 않기로 유명했다.

"원래 주먹이 법보다 가까운 법이네. 잘을 듣지 않으면 사령관을 두들겨 패는 수밖에."

카미엘은 명령에 불복종하려는 움직임을 보이기만 해도 채찍을 드는 성격이다. 그가 반란을 획책한 사람의 구족을 멸하는 것은 바로 이런 성향 때문이었다.

앞으론 평화가 지속되겠지만, 카미엘은 그때까지도 여전히 제국의 칼날로 군림할 것이다.

그게 그가 존재하는 이유라고 생각하기 때문이다.

"아무튼 먼 길 오느라 고생 많았네."

"아닙니다."

"술이라도 한잔할 텐가?"

"좋지요."

세 사람은 백작령 지하에 위치한 밀실로 이동했다.

* * *

제도 루티아니아의 황궁.

황제가 재상 한트의 상소를 받고 있다.

"폐하, 조속히 군부의 수장을 정해주심이 옳다고 사료되옵니다."

그는 레비로스에게 총사령관 임명을 종용했고, 황제는 계속해서 임명을 미루고 있었다.

문신들은 자신들의 득세를 위해 계속해서 군부를 압박하고 있고 황제는 그것을 막아내고 있는 것이다.

황제와 문벌의 줄다리기는 이제 그 절정을 향하고 있었다.

레비로스는 자신에게 계속해서 상소를 올리는 그에게 아주 차분한 어투로 말했다.

"지금 전쟁을 수습하고 있는 중 아닌가? 군부가 동요하지 않도록 하는 것이 가장 중요하다. 그러니 그 문제는 조금 더 시일을 두고 논의해야 옳다."

"하지만 폐하, 차일피일 미루다간 답이 나오질 않을 것이옵니다."

"만약 군부가 와해된다면 그대가 책임질 것인가? 지금의 군부는 카미엘이 군단의 심장이라고 해도 과언이 아니다. 더군다나 군부는 승전에 기쁨 때문에 카미엘을 더 간절히 원하고 있다. 그럼에도 불구하고 사령관의 임명이라? 당치도 않다."

"그렇지만 이대로 수장의 자리를 비워놓는 것은 어불성설이옵니다!"

"기다리라."

"폐하!"

"기다리라고 말했다."

한트는 여러 가지 핑계로 자신의 추격을 피해나가는 황제에게 말했다.

"기다리는 것도 좋사옵니다만, 병탄한 국가들이 그의 사형을 간절히 원했사옵니다. 이런 시국이라면 사령관을 교체하는 편이 훨씬 좋을 것이옵니다."

레비로스는 고개를 가로저었다.

"또 그 소리인가?"

"마도병기는 살인마들입니다. 그들을 폐기하는 것이 옳은 줄로 아옵니다."

"그랬다가 제국이 분열된다면?"

"이미 군사력을 잃은 나라입니다. 수복하여 싹을 잘라내는 작업만 하면 그만이옵니다."

"말은 참 쉽군."

"충분히 심사숙고한 후에 상소를 올린 것이옵니다. 통촉하여 주시옵소서."

문신들이 그를 따라서 고개를 숙인다.

"통촉하여 주시옵소서!"

레비로스는 지겹다는 듯이 소리쳤다.

"그만, 그만하라! 머리가 아프다! 오늘은 이만 시국을 접는다!"

"폐, 폐하!"

"그만, 짐은 이제 그만하고 싶다. 반역을 꾀하고 싶지 않다면 물러들 가라."

"폐하!"

"물러가라 했다!"

더 이상 그를 괴롭히는 것은 진정 반역에 준할 수 있는 일. 신하들은 그제야 슬슬 물러나기 시작했다.

"황은이 망극하여이다, 폐하!"

레비로스는 황급히 시국을 마쳤고, 한트는 최측근과 함께 수도에 있는 재상 집무성으로 향했다.

문벌의 수장인 한트는 학자들의 요람인 황립도서관 옆에 집무성을 차렸는데, 이곳은 문신들의 둥지로 일컬어지기도 했다.

한트는 자신을 필두로 모인 최측근들에게 술을 한 잔씩 돌렸다.

"이른 시간이긴 하지만 한 잔씩들 하지."

"예, 각하."

부드러운 와인을 한잔씩 머금은 문신들이 한트에게 물었다.

"그나저나 레비로스 황제께서 쉽사리 자리를 내어주려 하지 않는군요. 이미 그 부분에 대해선 합의가 되었다고 생각했습니다만 아니었던 모양이군요."

한트와 문신들은 분명 레비로스가 자신들에게 권력을 이양시키기 위한 준비를 하고 있다고 믿었다.

오래도록 무신들의 기세가 등등하여 나라의 정치 성향 자체가 공포스럽게 변해가고 있다는 의견이 많았기 때문이다.

하지만 한트는 고개를 가로저었다.

"아니, 그렇게 물렁물렁한 폐하가 아닐세. 아마도 상당히 오랜 시간이 걸리겠지."

"하지만 마도병기들을 일찍 제거하지 않으면 무슨 일이 일어날지 아무도 장담할 수 없습니다."

이들은 지금 전 대륙을 통일시킨 마도병기들이 언젠가는 자신들의 목에 칼을 겨눌 수도 있다고 생각하고 있었다.

그렇기 때문에 다음 사령관을 자신들의 측근으로 등용시키고 마도병기들을 모조리 폐기시키려는 것이다.

하지만 황제 레비로스가 이 막강한 군대를 그리 쉽게 버릴 턱이 없었다.

"폐하께선 손수 마도병기들을 폐기할 수 없을 것이라네. 제국의 주요 전력이나 마찬가지인 그들을 그리 쉽게 버릴 수야 있겠나?"

"그럼 어떻게 합니까?"

한트는 와인을 음미하며 말했다.

"버릴 수밖에 없도록 만들어야지."

"어떻게 말입니까?"

그는 살며시 감았던 눈을 뜨며 답했다.

"반역, 반역으로 묶어야 뒤탈이 없을 것이야."

"바, 반역이라면……."

"카미엘은 마도병기를 가지고 국가를 통째로 쥐어흔들려고 했고, 그 기반은 모두 마도병기들이었다. 뭐, 이런 시나리오라면 충분히 놈들을 쓸어버릴 수 있겠지."

"하지만 감정이라는 것 자체가 없는 마도병기들이 반역을 꾀했다는 것을 백성들이 믿겠습니까?"

"백성들이 어디 황도에 있는 자유 시민뿐인가? 이제 막 병탄한 나라의 시민 또한 제국의 백성이 아닌가?"

"아아!"

"지금까지 카미엘이 하고 다닌 짓거리를 생각해 보게. 도대체 그 어떤 누가 카미엘을 반겨주겠는가? 아군에겐 전쟁영웅이지만 적군에겐 악의 화신으로 불리던 카미엘일세. 당연히 적대하는 세력이 많을 거야."

"으음, 그렇지만 지금 각하의 말씀대로라면 반란이 일어날 수도 있습니다만?"

그는 대수롭지 않다는 듯이 답했다.

"일어나면 막아야지. 그리고 죽이면 된다네. 원래 병탄은 그렇게 해야 깔끔해. 카미엘처럼 무식하게 사람만 죽인다고 끝나는 것이 아니야. 다시 일어설 기반을 아예 잘라내 버리는 것이지."

문신들은 그의 묘수에 무릎을 쳤다.

"아하! 그렇게 된다면 남아 있는 왕족이나 군벌의 수장들이 앞장설 테니 남아 있는 잔당을 아예 싹쓸이할 수도 있겠군요."

"그래, 그래야 지금 이 황권이 오래갈 수 있다. 그리고 그들을 쓸어버리는 공헌은 우리 문벌이 챙기게 되겠지."

"지당하신 말씀입니다."

한트는 상당히 위험하고도 과감한 전력을 내세우고 있지만, 과연 이것이 성공할지는 미지수다.

하지만 지금 이들이 득세하는 데 이것보다 더 좋은 방안은 아마 있지 않을 것이다.

"전쟁에서 사람을 죽이는 것은 군인이요, 그들을 움직이는 것은 문신이라고 했네. 우리는 장기판의 말을 움직이듯 아주 느긋하게 대국을 즐기면 되는 것이지."

"역시 각하이십니다."

"후후, 한잔하세."

"예, 각하!"

팅!

한트는 남은 와인을 한꺼번에 털어 넘겼다.

* * *

황제 레비로스의 침실.

그는 지끈거리는 머리를 부여잡고 있었다.

"으으……."

그는 악성편두통을 겪고 있는데, 양귀비와 같이 아주 독한 진통제를 먹지 않는 한 잠을 들 수가 없을 지경이었다.

"의, 의관을 부르라!"

"예, 폐하!"

상상을 초월하는 고통과 스트레스를 안고 살아가는 황제들은 대부분 이런 고질병을 하나씩 안고 살아갔다.

하물며 역대 황제 중 가장 강력하고 강성한 제국을 건설한 레비로스의 고통은 말로 형언할 길이 없을 것이다.

이윽고 흰색 의복의 의관이 달려와 부복했다.

"찾아 계시옵니까, 폐하!"

"…짐의 머리가 아프다. 진단을 해보아라."

"예, 폐하!"

그는 레비로스의 머리에 손을 올린 후 마나를 발동시켜 머리를 스캔하기 시작했다.

우우우우웅!

마도학자 중 의학에 뛰어난 자질을 보이는 사람들이 있는데, 의관은 그런 마도학자 중에서 발탁된다.

이들은 사람을 살리는 기술을 가지고 있기 때문에 문벌이나 군벌들과는 아예 차원이 다른 대우를 받았다.

황제를 전담하는 의관의 경우엔 대부분 남작에 해당하는 지위를 갖고 있거나 그 이상의 작위를 수여 받게 된다.

의관은 레비로스의 머리를 한번 스캔하더니 이내 긴 바늘을 꺼내 들었다.

"옥체가 미령한지 파악을 해야겠사옵니다. 조금 따가우실 수도 있사옵니다."

"그리하라."

"성은이 망극하여이다, 폐하."

그는 레비로스의 팔에 긴 바늘을 찔러 넣고 그 바늘에 마나를 주입했다.

그러자 그의 온몸으로 마나가 퍼져 나가면서 어느 부위에 문제가 있는지 확인하기 시작했다.

우우우웅.

서서히 잦아드는 소리. 의관은 그 소리의 끝이 뇌 부분이라는 것을 알 수 있었다.

"뇌에 있는 혈관이 살짝 막힌 것 같사옵니다."

"혈관이 막혔다?"

"새끼손톱보다 조금 작은 혹이 혈관을 막고 있사옵니다. 잘못하면 이것이 폐하의 옥체를 손상시킬 수도 있겠사옵니다."

"뇌라……. 그럼 어떻게 되는 것인가?"

"아뢰옵기 황공하오나, 이 혹을 제거하지 않으면 신진대사가 멈출 수도 있사옵니다."

"죽을 수도 있다는 말인가?"

"소인의 불경을 용서하여 주시옵소서!"

레비로스는 당장 엎드려 절하는 그를 일으켜 세웠다.

"그게 왜 그대의 잘못인가? 일단 다시 앉으라."

"황은이 망극하여이다!"

이내 다시 일어선 의관에게 황제가 물었다.

"살 수는 있는 것인가?"

"…확답을 드리기 어렵나이다."

"그럼 치료가 불가능했을 때 짐이 살아갈 수 있는 기한은?"

"이런 경우엔 적게는 3개월에서 길면 반년 정도 버틸 것이옵니다."

"그러니까… 짐이 지금 죽을병에 걸렸다는 것이군."

"폐하……!"

레비로스는 슬그머니 미소를 지었다.

"하하, 하하하! 짐이 죽는다? 기분이 좀 싱숭생숭하군."

"망극하여이다!"

그는 연신 고개를 숙이는 의관에게 물었다.

"생명을 연장시킬 수 없다면 고통을 줄이는 방법은?"

"진통제를 처방하는 수밖에 없사옵니다."

"그럼 그리하라."

"하지만 그것은 임시방편일 뿐 치료엔 효과가 없사옵니다. 당분간 머리를 쉬시는 편이 좋을 것이옵니다. 얼마간 휴식을 취하는 것이 옳은 줄로 아뢰옵니다."

레비로스는 고개를 가로저었다.

"되었다. 그럴 시간이 없어. 이만 나가보라."

"하, 하오나 폐하……."

"짐을 화나게 할 생각이 아니라면 그만하라."

"망극하옵니다, 폐하!"

이윽고 의관이 돌아섰고, 레비로스는 황망히 웃었다.

"하하, 하하……."

허탈하게 웃던 그는 불현듯 카미엘의 얼굴을 떠올려 보았다.

"오늘따라 자네가 왜 이리 보고 싶은 것인지 모르겠군. 도대체 어디에 있는 것인가?"

죽음을 목전에 둔 황제의 실소가 방 안을 가득 채우고 있다.

* * *

이른 새벽, 불이 꺼진 백작성 가장 높은 곳에 카미엘이 올라가 서 있다.

휘이이잉!

불어오는 바람을 맞으며 먼 산을 바라보고 있던 카미엘의 곁으로 제이나가 다가왔다.

"여기 계셨군요."

"왔는가?"

"앉아도 되겠습니까?"

"그러시게."

제이나가 자리에 앉자 그는 손에 들고 있던 맥주를 건넸다.

"마실 텐가?"

"좋지요."

그가 건넨 싸구려 맥주를 맛본 그녀가 이내 인상을 찌푸린다.

"으윽, 무슨 술에서 소변 맛이 나는 것 같아요!"

"후후, 그건 아직 자네가 술맛을 제대로 보지 못해서 그런 거야. 원래 야영하면서 마시는 맥주는 대부분 이렇거든. 그때 마시는 술맛이야말로 극락이지. 거기에 길들여지면 다른 술은 마시기 힘들어."

"폐하와 각하가 미란다를 계속 마시는 것과 비슷한 이치인가요?"

"뭐, 그렇다고 할 수 있지."

이윽고 제이나는 먼 산을 응시하고 있는 카미엘에게 서신을 한 장 건넸다.

"이게 뭔가?"

"읽어보시면 압니다."

그리곤 그녀는 뒤도 돌아보지 않고 사라져 버렸고, 카미엘은 고개를 갸웃거렸다.

"이게 뭐지?"

얇은 양피지 두루마리를 펼친 카미엘은 이 편지가 황제에게서 왔음을 알 수 있었다.

"……."

편지의 내용을 읽은 카미엘은 할 말을 잃고 말았다.

"종양이라……. 그것도 뇌에?"

카미엘은 슬그머니 실소를 흘렸다.

"후후, 그렇게 고생만 실컷 하다가 이제 좀 쉴 때가 되니 죽음이라……. 인생이라는 것이 참 덧없구나."

그는 씁쓸한 얼굴로 새벽의 달을 바라보았다.

* * *

황도에 위치한 지하 밀실.

이곳으로 흰색 의복을 입은 의관이 들어섰다.

끼이이이익!

오래된 철문이 닫히고 난 후 검은색 후드를 뒤집어쓴 사내가 의관에게 모습을 드러냈다.

"어떻게 되었는가?"

"아무래도 오래 살기 힘들 것 같습니다."

"그렇게 심각한가?"

"뇌에 종양이 생겼습니다. 길어봐야 반년입니다."

"후후, 그렇군."

사내는 의관에게 금화 주머니를 건넸다.

"어차피 죽는 것이라면 조금 더 일찍 죽을 수 있도록 노력을 좀 해주게."

"예, 알겠습니다."

그가 건네준 돈을 가지고 의관은 뇌에 조금씩 종양이 자라도록 독약을 주입할 것이다.

바실리스크의 혀에서 추출한 침을 정제시키면 사람의 뇌에 종양이 자라나는 치명적인 독약이 된다.

하지만 이것은 독을 아주 잘 아는 독의 고수가 아니면 절대 알 수가 없는 사실이다.

"아주 자연스럽게 죽어가게 만들게. 그러다 내가 신호를 하면 급작스럽게 죽여 버려."

"예, 알겠습니다."

그는 이내 미소를 지었다.

"후후, 레비로스도 이제 끝이군."

금화 주머니를 건넨 그는 이내 지하 밀실에서 모습을 감추었다.

외전 끝